अस्सी नब्बे पूरे सौ

अस्सी नब्बे पूरे सौ

कुमार आनन्द

कल्पज़ पब्लिकेशन्स
दिल्ली–११००५२

अस्सी नब्बे पूरे सौ

ISBN: 978-81-7835-936-6

प्रकाशन वर्ष 2012

कल्पज़ पब्लिकेशन्स

सी –30, सत्यवती नगर, दिल्ली–110052

अक्षर मुद्रांकन : अवधेश कुमार, दिल्ली

समर्पण

निष्काम कर्मयोगी जन-नायक

आदरणीय श्री अन्ना हजारे को—

जिन्होंने बच्चों के स्वर्णिम भविष्य को ध्यान में रख भ्रष्टाचार-मुक्त भारत के लिए अपना सर्वस्व दाँव पर लगा रखा है।

'मैं अनदेखा
सहज
अनपुजी परती तोड़ रहा हूँ
ऐसे कामों का अपना ही सुख है:
वह सुख अपनी रचना है
और वही है उसका पुरस्कार

उसका भी साँझा करने को
मैं तो प्रस्तुत—
उसे बँटाने वाला ही दुर्लभ है! उसको भी तो
लीक छोड़ कर आना होगा
(यदि वह सुख
उसका पहचाना होगा)
पर तब उसके आगे भी
बिछी हुई होगी वैसी ही परती।
बहुत कड़ी यह बहुत बड़ी है धरती।'

—"अज्ञेय"
('परती का गीत' के अंश)

श्री एवं श्रीमती आनन्द
(हाईलैण्ड फॉरेस्ट, स. रा. अमेरिका)

छाया : अलेक्जैंडर जोजेविच

प्रस्तावना

इस संग्रह में सौ कविताएँ (ठीक-ठीक कहा जाय तो कुल एक सौ एक) संकलित हैं जो मूलतः 5 से 15 वर्ष आयुवर्ग के लड़के-लड़कियों को इंगित हैं। बढ़ती उम्र के साथ उनकी बढ़ती समझ के मद्देनजर इस संग्रह को तीन खंडों में बाँटा गया है। इन कविताओं को पढ़ने में उन्हें एक अलग सा आनन्द मिलेगा—ऐसी आशा है। किन्तु यह आनन्द क्षणिक हो कर व्यर्थ जाया न हो, जीवन-यात्रा में उनकी समझदारी को स्थायी तौर पर बढ़ाता, माँजता चले, उन्हें दुनियाँ को देखने-समझने की एक सहज, मानवीय एवं तर्कपूर्ण दृष्टि प्रदान करता चले—इसका प्रयास किया गया है। इन कविताओं के संसार में आपको सभी कुछ मिलेंगे-कीट-पतंगे, चाँद-सितारे, गाँव-शहर, झील-पहाड़, नदी-जंगल, इतिहास-विज्ञान आदि-आदि। कल के महापुरुषों से लेकर आज के "आइडॉल्स" यथा तेन्दुलकर एवं अमिताभ तक इन कविताओं के पात्र हैं।

अंग्रेजी के महान कवि विलियम वर्ड्सवर्थ का यह कथन यदि सत्य है, जो कि है, कि "बालक व्यक्ति का पिता है" अर्थात हर व्यक्ति में—अस्सी साल के बूढ़े में भी—उसका बालपन अपनी सहज मुस्कान और कौतुकता के साथ कहीं न कहीं जीवित रहता है, तो यह अपेक्षा स्वाभाविक है कि इन कविताओं का आनन्द हर उम्र में उठाया जा सकता है।

इन कविताओं को लिखने की प्रेरणा मुझे अपनी जीवन-संगिनी से मिली और उनके लिए आवश्यक खुराक मैने एक ओर तो अपने

नाती-पोतों की सहज किलकारियों और जिज्ञासाओं से जुटाई तो दूसरी ओर उस बालक के अनुभवों का भी लाभ उठाया जो आज चौंसठ वसन्त के उपरान्त भी कहीं न कहीं मेरे अन्दर जिन्दा है।

इन कविताओं को पढ़ने से लड़के-लड़कियों की जिज्ञासा एवं जानकारी में यदि थोड़ी वृद्धि हो तथा दादा-दादी, नाना-नानी की उम्र के लोगों को भी उनमें अनायास मजा आ जाय तो मैं अपने प्रयास को सार्थक समझूँगा।

"शिवास्तु सन्तु पन्थानः"

होली/पूर्णिमा
8 मार्च, 2012

कुमार आनन्द
ए-601, करोड़ अपार्टमेंट,
सेक्टर-6, द्वारका,
नई दिल्ली—110075

... पूरे सौ

अक्कड़ बक्कड़ बम्बे बो
अस्सी नब्बे पूरे सौ
सौ में लगा धागा
चोर निकल के भागा
सिपाही बन कर आऊँगा।
कवितायें सुनाऊँगा
चोर भी पढ़ेंगे
आगे बढ़ेंगे
चोरी करने वाले तब
कोई ना रहेंगे।

— इ. र.

8.3.2012

अनुक्रम

प्रस्तावना vii

खंड—1

1. मम्मी की नानी 19
2. नेक चूहा 21
3. धरती-फुलवारी 22
4. तितली-तितली 24
5. मौका 26
6. काश 27
7. बहादुर मम्मी 28
8. समझो तो जानू 30
9. पहेली 32
10. कुत्ता मारे मच्छर 34
11. अमर बेल 36
12. साँप पराया 38
13. दादा जी, ओ दादा जी 40
14. नानी की कटोरी 42
15. सूरज को न देखो 44
16. बैनीआहपीनाला 46
17. उफ, ये गर्मी 48
18. मेरी बहना 50
19. निराला भैया 52
20. नन्ही बया 54

21. महँगा है जी महँगा है 56
22. जाड़ा आया 58
23. जोड़ो भी, खेलो भी 60
24. मेट्रो रेल का खेल 62
25. आई होली 64

खंड—2

26. बूझो-बूझो 69
27. खेल की मजबूरी 70
28. माँ की ममता 72
29. लैपटॉप और घोड़ा 74
30. मोबाईल फोन और छोटा बच्चा 76
31. मेरी बाल्कनी 78
32. कनखजुरा 80
33. मेरा कुत्ता 82
34. चिड़िया घर की सैर 84
35. दस चटपटे प्रश्न 87
36. नहीं पता तो जान लो 89
37. अच्छा नहीं 91
38. हँसमुख भाई 93
39. हाथी की सवारी 95
40. अधमरा साँप 97
41. मधुमक्खी का छत्ता और पड़ोसी राजू 99
42. माँ और बेटा 101
43. भूत 103
44. कोहिनूर सचिन 105
45. दे दनादन धौनी 107

46. डाकिया और आज 110
47. सब को भाती मेट्रो रेल 113
48. सेवा-अस्पताल 115
49. दुश्मन हमारे 117
50. जंगल का दर्द 120
51. मेरी पहली हवाई यात्रा 123
52. भूखे बच्चे 127
53. पुलिसिया न्याय 129
54. पिंजड़े का तोता 131
55. दीवाली 133
56. मेरी आया 135
57. स्कूल की बस 137
58. रेलवे प्लैटफॉर्म 139
59. मम्मी के गोलगप्पे 141
60. आँखें 143

खंड—3

61. अमर बापू 149
62. नेहरू चाचा 151
63. क्रान्तिकारी भगत सिंह 153
64. आई.जी.आई. हवाई अड्डा 155
65. लाचार भिखारी 157
66. तुम जियो हजारों साल 159
67. बाढ़ की तबाही 161
68. हीरो से जीरो 163
69. दिल्ली दिल है मेरी जान 165
70. ठिठुरता जाड़ा 167

71.	जीवनदाता सूरज	169
72.	झूठा नेता	171
73.	सच्चा नेता	173
74.	चाल का जीवन	175
75.	पिता की छाया	177
76.	बीमार पानी	179
77.	घुटती हवाएँ	181
78.	नदियों की वेदना	183
79.	सागर की सम्पदा	185
80.	विज्ञान और मनुष्य	187
81.	आणविक युद्ध	189
82.	पहाड़ का बदला	191
83.	दिल्ली : छोटा हिन्दुस्तान	193
84.	कोहिनूर है पटना	195
85.	खयाली पुलाव	197
86.	विवेक और विश्वास	199
87.	झटपटी की खटपटी	201
88.	मॉल के मजे	203
89.	सदी के महानायक अमिताभ	205
90.	इंतजार	208
91.	निरीह आहार	208
92.	साँप और चूहा	209
93.	गिद्ध और मानव	209
94.	गरीबों की ताकत	209
95.	नियामत	210
96.	मुनादी	210

97.	लोकनायक जयप्रकाश	212
98.	विजयी इन्दिरा	214
99.	झाँसी की रानी : देश की रानी	217
100.	जन लोकपाल के अन्ना	220
101.	जनता राजा	223

खंड 1

खंड–1

1. मम्मी की नानी

मेरी मम्मी बड़ी सयानी
मैं हूँ उसकी रानी
रोज प्रात वह मुह धुलवाती
देती भोजन-पानी
नहीं डाँटती कभी मुझे
गर कर दूँ मैं नादानी[1]
रोज रात सोने से पहले
मुझे सुनाए कहानी
अधिक रात गर जागूँ कहती–
"सो जा मेरी नानी"

शब्दार्थ

1. बचपना

सोचो-समझो-करो

1. मम्मी की नानी कौन है?
2. क्या तुम्हारी मम्मी भी सयानी है?

2. नेक चूहा

चूहा एक बड़ा ही नेक[1], नहीं काटता मुझको
घुर-घुर[2] भागे दिन भर घर में, नहीं डराता मुझको

जब भी मैं घर में आता हूँ, घुस जाता है बिल में
गुमसुम[3] शांत बैठ जाऊँ तो, नजर मिलाता पल[4] में

शब्दार्थ

1. अच्छा, 2. छोटे जीव का तेजी से इधर–उधर भागना, 3. चुपचाप, 4. क्षण

सोचो-समझो-करो

1. चूहा कहाँ रहता है?
2. चूहों से क्या नुकसान है?

३. धरती–फुलवारी

हरियाली पेड़ों की, फुलवारी फूलों की
बागों का माली[1], नित करता रखवाली

तोड़े मत फूल कोई, काटे मत डाल
पालती है धरती माँ, अपना रस उड़ाल

तुम भी बन जाओ, फूलों के सिपाही
माली को टोको, गर[2] करे वह कोताही[3]

दुनियाँ बन जायेगी, हरी-भरी बगिया[4]
विद्युन[5] संग हर्षेगा[6], धरती का हिया[7]

शब्दार्थ

1. बगीचे की देखभाल करने वाला, 2. अगर, 3. लापरवाही, 4. फुलवारी, 5. एक

शिशु का नाम, 6. खुश होगा, 7. दिल

सोचो-समझो-करो

1. माली क्या करता है?
2. "फूलों के सिपाही" कैसे बनोगे?
3. धरती का दिल कब खुश होगा?

4. तितली-तितली

तितली-तितली, कहाँ से आई?
"सौ बागों से हो कर आई"

तितली-तितली, उड़ती कैसे?
"पंख दिये दाता[1] ने जैसे"

तितली-तितली, कितने फूल?
"पंख में ताकत उतने फूल"

तितली-तितली, खाई क्या-क्या?
"पराग[2], फूल-रस और क्या"

तितली-तितली, पीया क्या-क्या?
"सृजन[3], ओस जल और क्या"

शब्दार्थ

1. फूलों के बीच जमा रहने वाले कण, 2. भगवान, 3. प्रश्न पूछने वाले बालक का नाम

सोचो-समझो-करो

1. तितली और मक्खी में क्या अन्तर है?
2. तितली अपना भोजन कहाँ खोजती है?
3. तितली के जीवन-चक्र के बारे में पता करो।

5. मौका

जल में मछली, थल[1] पे फूल
नभ[2] में पंछी, हवा में झूल

रात में चंदा, दिन में सूरज
बदली चमके गरज-गरज

बन में शेर, झील में नौका
जो जिस लायक[3], उस को मौका[4]

शब्दार्थ

1. जमीन, 2. आकाश, 3. योग्य, 4. अवसर

सोचो-समझो-करो

1. तुम किन-किन मछलियों के नाम जानते हो?
2. "बिजली चमकना" किसे कहते हैं?
3. क्या तुमने बादल का गरजना सुना है?

6. काश

मम्मी का टी.वी., पापा का पी.सी
चाचा का लैपटॉप, दीदी का डी.वी.डी

मामा का आइपैड, भैया का आकाश
रह गया इक टैबलेट, मेरा होता काश[1]

शब्दार्थ

1. दुख प्रगट करने का एक शब्द

सोचो-समझो-करो

1. कविता में जिन वस्तुओं के नाम आए हैं उनके बारे में अपने पापा से जानकारी प्राप्त करो।
2. क्या टैबलेट खाने के लिए लड़का उसे पाना चाहता है?

7. बहादुर मम्मी

पापा डरते—मम्मी से
आया डरती— मम्मी से
भैया डरते—मम्मी से
दिदिया डरती—मम्मी से

चोर-उच्क्के भी डरते हैं
डरते कौए-कबूतर भी
पल में काबू कर लेगी
आ जाए गर डाकू भी

आज सुबह लेकिन चीखी वह
बड़े जोर से डर कर
दौड़े सब, देखा तिलचट्टा—
लौटे, जोरों से हँस कर

सोचो-समझो-करो

1. बहादुर मम्मी से कौन–कौन डरते हैं?
2. मम्मी डरी तो लोग क्यों हँस पड़े?
3. तिलचट्टे का एक चित्र बनाओ।

8. समझो तो जानू

आँख का तारा, जिगर[1] का टुकड़ा
नाक का बाल, क्या है लफड़ा[2]

अंधे का बटेर[3], गूलर[4] के फूल
धोबी का गधा, डिजाइन कूल-कूल

चाँदी का चम्मच, फूलों की सेज
कबाब में हड्डी, चूहों की रेस

बाल की खाल, चाँदी का जूता
अजीबोगरीब[5] वह इब्नबतूता[6]

शब्दार्थ

1. कलेजा, 2. समस्या, 3. एक सुन्दर पक्षी, 4. एक पेड़ जिसका फूल दिखाई नहीं देता, 5. विचित्र, 6. एक विदेशी यात्री

सोचो-समझो-करो

1. प्रयोग में आए मुहावरों की सूची तैयार करो।
2. उनके अर्थ समझने के लिए दूसरों की सहायता प्राप्त करो।

9. पहेली

रात में देखा, इधर-उधर दीवार पे
दौड़ रही छिपकिली, इधर-उधर दीवार पे

भाग रही मकड़ी, इधर-उधर दीवार पे
रेंग[1] रहे कीड़े, इधर-उधर दीवार पे

तलाशते सभी खाना, इधर-उधर दीवार पे
लेकिन वहँ पतंगा—क्यों इधर-उधर दीवार पे?

सोचती रही कैरवी, उत्तर न पाती
समझा कि पतंगा, है सचमुच खुराफाती

तभी एक झटके में आ गई छिपकिली
पतंगे को मुह में दबा गई छिपकिली

शब्दार्थ

1. सतह से सट कर चलना

सोचो-समझो-करो

1. दीवार पर कौन-कौन जीव थे?
2. वहाँ पतंगा क्यों आया था?

10. कुत्ता मारे मच्छर

मेरा कुत्ता मेरा दोस्त
मन से खाता रोटी–गोश्त

खाकर लेता अँगड़ाई[1]
करता बहुत लड़ाई

कभी भूँकता जाता बाहर
कभी दौड़ आ जाता अन्दर

भैया आ जब चेन लगाता
दिन भर बैठ मारता मच्छर[2]

शब्दार्थ

1. थकान मिटाने के लिए शरीर ऐंठना, 2. मच्छर मारना यानि बिना काम के बैठे रहना

सोचो-समझो-करो

1. कुत्ते को खाने में क्या पसंद है?
2. कुत्ते को चेन में रखना क्या ठीक है?

11. अमर बेल

देखो कैरू[1], यह अमर[2] बेल,
कुदरत[3] के ये गजब[4] खेल
बिना बीज और बिना जड़ों के,
देखो चढ़ बैठे पेड़ों पे
दूजों के सर जा चढ़ रहना,
भोजन उनका नित चट करना
भोजन, मिहनत का नहीं मेल,
परजीवी[5] का यही खेल
सरल नहीं है उन्हें भगाना,
उन पेड़ों को होगा जाना

शब्दार्थ

1. बालिका का नाम, 2. कभी न मरने वाला, 3. प्रकृति, 4. अजीब, 5. दूसरों के सहारे जीने वाला

सोचो-समझो-करो

1. अमर कौन है?
2. दो परजीवियों के नाम बताओ।
3. अमर बेल से कैसे छुटकारा पाओगे?

12. साँप पराया

भागो यह है साँप [1]पराया,
सुबह-सुबह जो घर में आया
तन पे सुन्दर फूल बने हैं,
चलता जैसे रबर गले हैं
टेढ़े-मेढ़े, आड़े-तिरछे,
[2]सरका जाता वह झटपट से
[3]सृजन नहीं तुम पास में जाओ,
चढ़ो पलंग पर नजर जमाओ
लगता है यह विषधर है,
दाँतों में इसके घोर[4] जहर है

शब्दार्थ

1. जो अपना न हो, 2. सतह से सट कर चलना, 3. एक बालक का नाम, 4. बहुत ज्यादा

सोचो-समझो-करो

1. दो विषधर साँपों के नाम बताओ।
2. मित्र साँपों के बारे में जानकारी प्राप्त करो
3. साँप काटने पर क्या करना चाहिए?

13. दादा जी, ओ दादा जी

दादा जी, ओ दादा जी,
कैसे अपने दाँत निकाल, ले लेते तुम हाथों में?
दादा जी, ओ दादा जी,
कैसे अपने [1]कान निकाल, रख लेते तुम जेबों में?
दादा जी, ओ दादा जी,
कैसे अपने बाल उतार, टाँग देते हो खूँटी पर?
दादा जी, ओ दादा जी,
कैसे जब तेरे मन भाए, तब जाते हो डयूटी पर?

शब्दार्थ

1. यहाँ अर्थ है हियरिंग एड यानी सुनने में सहायता करने वाली छोटी मशीन से जिसको कान में लगा कर रखते हैं।

सोचो-समझो-करो

1. दादा जी अपने बाल कैसे उतार लेते हैं?

2. दादा जी डयूटी पर कहाँ जाते हैं?

14. नानी की कटोरी

नानी की कटोरी, सवा किलो की बोरी
ढाला उसमें खीर ढेर सा, डाला किशमिश-काजू
फिर अखरोट-बादाम डाल कर, पकड़ा मेरा बाजू
लगी खिलाने मुझको [1]जबरन, मानो उसका है यह प्रण[2]
बोली—"कितना दुबला है तन, कैसे जीतेगा तू रण"[3]
किसी तरह छूटा उससे मैं, कर के जोरा-जोरी[4]
लेकिन पकड़ लिया उसने फिर, फेक प्यार की डोरी
बैठाया गोद में अपनी, लेकर वही कटोरी
सवा किलो की बोरी, नानी की कटोरी

शब्दार्थ

1. दबाव देकर, 2. प्रतिज्ञा, 3. लड़ाई, 4. खींच—तान कर

सोचो-समझो-करो

1. नानी ने खीर में क्या-क्या डाला?
2. नानी उसको खीर क्यों खिलना चाहती थी?
3. छूटने के बाद उसे नानी ने फिर कैसे पकड़ा?

15. सूरज को न देखो

पूरब में सूरज
सुबह में सूरज
सूरज में लाली
दिन चढ़ते सूरज
बन गया बवाली[1]
लाली सब भाग गई
निहारो मत उसको
बात नहीं मानोगे तो
दोष दोगे किसको
आँखों की रोशनी
वह चुरा ले जाएगा
कितना फिर पछताओ
हाथ नहीं आएगा
दौड़ोगे डाक्टर पास

बार-बार तुम
निराशा में हरदम
रहोगे गुमसुम
सारी भागदौड़ भी
लौटा न सकेगी
पहले सी कहाँ दुनिया–
आँख यह कहेगी

शब्दार्थ

1. खुराफात करने वाला बदमाश

सोचो-समझो-करो

1. सूरज को निहारना बुरा क्यों है?
2. सूरज को कब देख सकते हो?

16. बैनीआहपीनाला

उड़े आकाश में
बैगनी गुब्बारे
नीले आकाश में
फैल गए सारे
आसमानी [1]साए संग
सरसों की क्यारियों से दूर
उड़ते जा रहे भरपूर
नारंगी लाल होते
बादलों की ओर
मापने [2]नीलाभ के हर छोर
जी भर कर देख लो
रंगों के [3]विस्तार को
नीचे की हरीतिमा, उपर अमिताभ[4] को
भर लो मन में

सतरंगी खूबसूरती—आह
[5]बैनीआहपीनाला—वाह

शब्दार्थ

1. छाया, 2. नीली रोशनी, 3. फैलाव, 4. सूरज, पूरी तरह रौशन, 5. सूरज के प्रकाश में पाए जाने वाले सात रंग—बैगनी, नीला, आसमानी, हरा, पीला, नारंगी और लाल

सोचो-समझो-करो

1. कितने रंगों की चर्चा की गई है?
2. हरेक रंग की चीजों के दो उदाहरण दो।

17. उफ, ये गर्मी

ए.सी. के घर्घर संग
आ गई गर्मी
उफ... ये गर्मी
गर्मी संग आई
आइसक्रीम, लौलीपॉप
पेप्सी और कोक
सबके मन भाई
कुल्फी बेरोक[1]
घर्घर हुई गले में
ओफ—ये खिचखिच[2]
कैरू रही खाँसती
आखों को मिच-मिच
चोरी-चोरी लेकिन
आइस्क्रीम खाती रही

रातों की चैन तक
कैरवी गँवाती रही
डाक्टर दादा आए
लगाया सूई
चीख उठी कैरू
"उफ, उई-उई"
जब हुई चंगी[3]
फिर लगी गर्मी
गर्मी संग फिर आई
कुल्फी-आइसक्रीम
"नहीं-नहीं मुझको
ये सब ना खानी, सूई ना लगवानी"
कैरवी रानी, सच हो गई सयानी

शब्दार्थ

1. बिना रुकावट, 2. खराश, 3. अच्छी

सोचो-समझो-करो

1. ए.सी. की हिन्दी?

2. कैरू ने आईसक्रीम खाने से क्यों मना किया?

18. मेरी बहना

मत उससे तुम लड़ना
वह है मेरी बहना
वह प्रातः मुझे जगाती
मुँह धुलवाती, ड्रेस पहनाती
नाश्ता बन जाने पर
बैठ मेरे संग खाती
फिर जब राहों पर जाता
ठोकर खा गिर जाता
झट आ कर मुझे उठाती
संध्या में जब सोने आता
करता धूम-धड़ाका[1]
वह लोरी गा दुलराती
[2]थपकी दे मुझे सुलाती

क्या कहने—मेरी बहना
मत उससे तुम लड़ना

शब्दार्थ

1. हल्ला मचाना 2. पीठ पर हौले—हौले हथेली से मारना

सोचो-समझो-करो

1. बहन अपने भाई का किस तरह खयाल रखती है?

19. निराला भैया

भैया की बात निराली है
घर में क्या, बाहर भी उसकी
नित चलती रखवाली है
भैया की बात निराली है

क्रिकेट में बॉलिंग करनी हो
या बैटिंग की हो बारी
नजर उसी पर रहती सब की
करतब कौन सा जारी है
भैया की बात निराली है

डिबेट में अव्वल आता
पढ़ने में भी जोर लगाता
लोग हमेशा पूछा करते
करता कैसे तैयारी है

भैया की बात निराली है

बजार-हाट से आने में
जब चलूँ उठाकर झोला
आकर दौड़ लपक लेता वह
कह मुझसे "यह भारी है"
भैया की बात निराली है

सोचो-समझो-करो

1. भैया को निराला क्यों कहा गया है?
2. भैया अपनी बहन का खयाल किस तरह रखता है?

20. नन्ही बया

वर्षा [1]ऋतु गई
नन्ही [2]बया आई
चोंच में दाब-दाब
[3]खर-पतवार लाई
पेड़ की डालों पर
झूल-झूल-झूल-कर
तिनके-तिनके जोड़कर
[4]रचा एक सुन्दर सा घोंसला
मानो कोई [5]फूलदान हो
डाल से लटका, हवा में झूलता
दाता का [6]वरदान हो

उसमें बया देगी अण्डे
फिर निकलेंगे बच्चे

बहेगी हवा, पड़ेगी धूप
जोरों से पानी बरसेगा
पर बया के बच्चों का
कुछ नहीं बिगड़ेगा

शब्दार्थ

1. मौसम, 2. एक बुनकर (बीवर) चिड़िया; 3. तिनके, 4. बनाना, 5. गुलदस्ता

सोचो-समझो-करो

1. बया के घोंसले किन चीजों के बने होते हैं?
2. क्या वे मजबूत होते हैं? कैसे?

21. महँगा है जी महँगा है

पापा को कहता हूँ,– "खिलौने खरीद दो"
"महँगे हैं"
मम्मी को कहता हूँ– "कुल्फी खरीद दो"
"महँगी है"
दादा को कहता हूँ– "गुब्बारे खरीद दो"
"महँगे हैं"
मामा को कहता हूँ– "क्रिकेट-बैट खरीद दो"
"महँगा है"

लगता है मेरे लिए
कुछ भी नहीं है,
जो कुछ है वह
महँगा है जी, महँगा है
काश! मुझे महँगाई संग

खेलना यदि आता
सच! मैं उसके संग भी
खेल लेता,
खुशी-खुशी रह लेता

सोचो-समझो-करो

1. बालक किन-किन चीजों को खरीदना चाहता है?
2. खुश रहने के लिए वह क्या करेगा?

22. जाड़ा आया

जाड़ा आया
सन्दूकों में करवटें लीं–
मफलर, स्वेटर और [1]जुराबों ने
माँ ने पलटा, सलटा, खींच निकाला
बाहर डाला [2]अलगनी पर
लगी धूप दो-चार दिनों तक
फिर आ पहुँचे सब
पलंग पर
चढ़ गए बदन पर
पकड़ लिए दोनों पैर
माँ ने कहा–
अर्णव, कैरू, सृजन-खैर
जाड़ों के ये मित्र तुम्हारे
तुमसे दूर न हटेंगे

खाँसी-सर्दी-जुकाम
पास न [3]फटकेंगे

शब्दार्थ

1. मोजे, 2. कपड़े फैलाने की रस्सी, 3. आएँगे

सोचो-समझो-करो

1. जुकाम से बचने के लिए क्या करोगे?

23. जोड़ो भी, खेलो भी

दो और दो चार, चार और चार आठ
शहरों में होते बाजार, कस्बों में हाट

तीन और तीन छः, छः और छः बारह
बाढ़ में दस बच गए, बीस गए बह

चार और चार आठ, आठ और आठ सोलह
दो भाई सफल हुए, दो गए रह

पाँच और पाँच दस, दस और दस बीस
मंदिर में भगवान, तो गिरिजाघर में ईश

छः और छः बारह, बारह-बारह चौबिस
केरल से काजू आया, काबुल से किशमिश

सात और सात चौदह, चौदह-चौदह अठाईस
[1]ओवन में पुलाव है तो [2]फ्रीजर में आईस

आठ और आठ सोलह, सोलह-सोलह बत्तिस
मम्मी से प्यार है, पापा से कट्टिस

नौ और नौ अठारह, अठारह-अठारह छत्तिस
[3]अपराधी सारे कहते हैं "मिला नहीं [4]जस्टिस"

दस और दस बीस, बीस और बीस चालिस
सूट-पैण्ट में टीचर हैं, साड़ी में मिस

शब्दार्थ

1. तन्दूर, 2. फ्रीज का सबसे ठंढा भाग जहाँ पानी जमकर बर्फ बनता है, 3. कानून तोड़ने वाला, 4. न्याय/सही फैसला

सोचो-समझो-करो

1. दो से दस तक के टेबल याद करो।
2. ग्यारह से बीस तक के टेबल याद करो।
3. भारत में काजू की पैदावार सबसे अधिक कहाँ होती है?

24. मेट्रो रेल का खेल

देखो भागी मेट्रो[1] रेल
ठहरो होगा फिर से मेल
लोग भरे हैं स्टेशन पर
जाना सबको अलग डगर[2] पर
लो मेट्रो आ रही दूर
देख रहे सब जैसे हूर[3]
मिनट-मिनट वह जाती है
मिनट-मिनट वह आती है
कभी भूमि पर, कभी भूमिगत[4]
[5]हवा-हवाई मेट्रो की लत
फिर से भागी मेट्रो रेल
मेट्रो का है यही खेल

शब्दार्थ

1. बड़े शहरों में चलने वाली ट्रेन, 2. रास्ता, 3. परी, 4. जमीन के नीचे, 5. हवा सी तेज

सोचो-समझो-करो

1. देश के किन-किन शहरों में मेट्रो ट्रेन चलती है?
2. क्या मेट्रो की सवारी तुम्हें अच्छी लगती है?

25. आई होली

होली है जी होली है
जो हैं सब [1]हमजोली हैं

नहीं किसी से झगड़ा है
करना नहीं जी रगड़ा है
भुला दुखों की बातों को
आज के दिन बस भँगड़ा[2] है

रंगो का है यह त्योहार
अबीर–गुलालों के बौछार[3]
नहीं किसी को छोड़ो आज
हो जाएँ गर आँखें चार

लेकिन बूढ़ों, बीमारों को
तंग नहीं करना हैं

छोटे शिशु, [4]नादानों से भी
[5]जंग नहीं लड़ना है

प्यार की बोली होली है
हम सारे हमजोली हैं
होली है जी होली है
बुरा न मानो होली है

शब्दार्थ

1. एक उम्र के मित्र, 2. पंजाब का एक लोकनृत्य, 3. भरमार, 4. अनजान, 5. झगड़ा

सोचो-समझो-करो

1. तुम्हारे कितने हमजोली हैं? उनके नाम लिखो।
2. होली में रंग किन पर नहीं डालना चाहिए?

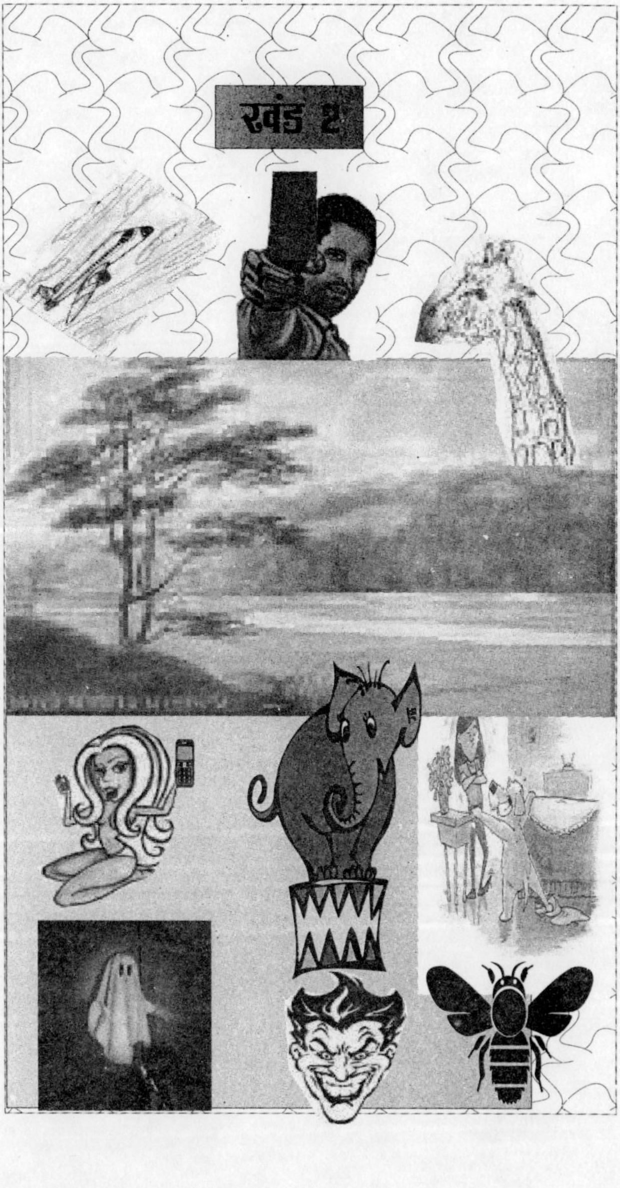
खंड २

खंड—2

26. बूझो-बूझो

गंधे की सींग और बाघ की खाल
घड़ियाली आँसू और बचे बाल-बाल
भेड़ो की चाल और [1]टकला के बाल
दिन में दिखें तारे और आँख लाल लाल
यूँ मत खोल ढोल की पोल
बातें करता क्यूँ गोल-गोल

शब्दार्थ

1. जिसके सर पर बाल न हो

सोचो-समझो-करो

1. इस कविता में किन—किन मुहावरों का प्रयोग हुआ है?
2. उन मुहावरों से वाक्य बनाओ।

27. खेल की मजबूरी

छुछुन्दर के सर में चमेली का तेल
काबुल में गधे, है कैसा ये खेल

नाच न जाने तो आँगन टेढ़ा
कोढ़ में खाज, है कैसा ये फेरा

हो मन चंगा[1] तो कठौती में गंगा
काशी के घाटों में होता क्यों नंगा

मुह में राम बगल में छुरी
जीवन में तेरे, यह कैसी मजबूरी[2]

शब्दार्थ

1. साफ सुथरा, 2. लाचारी

सोचो-समझो-करो

1. इस कविता में किन-किन कहावतों का प्रयोग हुआ है?
2. उन कहावतों से वाक्य बनाओ।

28. माँ की ममता

यह जो जीवन है
माँ की ममता का छाजन[1] है
यदि ममता की छाँव ना मिले
जीवन की कलियाँ ना खिले
माँ के सहारे बिन
कौन शिशु रह लेगा?
जीवन कहीं भी हो
माँ संग ही बढ़ेगा
तभी तो माँ भूखी रह कर भी
शिशु का पेट भरती है
[2]साँसें उखड़ने तक
शिशु पर ही मरती है

शब्दार्थ

1. कपड़ा, छाया, 2. साँस रुकने तक

सोचो–समझो–करो

1. अपनी माँ पर एक लेख लिखो।

29. लैपटॉप और घोड़ा

लैपटॉप हो
या घोड़े की टाप[1]
टॉप पर चलते हैं
चलाने से
लैपटॉप हो तो
दिमाग को कसो
घोड़े की टाप तो
[2]लगाम को कसो

फिर देखो
लैपटॉप भागेगा, गाएगा
घंटो बतिआएगा, [3]फोटू दिखाएगा
घोड़ा भी भागेगा, दौड़ेगा
मुड़ेगा, कूदेगा, [4]करतब दिखलाएगा

सवार देख कर
लैपटाप [5]अकड़ता है
सवार देख कर ही
घोड़ा [6]भड़कता है

शब्दार्थ

1. पैरों की आवाज, 2. घोड़े को काबू में रखने का रास, 3. फोटो, 4. कलाबाजी, 5. चलने से मना करना, 6. बेकाबू होना

सोचो-समझो-करो

1. लैपटाप और घोड़े में कौन सजीव और कौन निर्जीव है?
2. लैपटॉप क्या–क्या कर सकता है?
3. घोड़े को काबू में कैसे करोगे?

30. मोबाईल फोन और छोटा बच्चा

मोबाइल फोन मुझे
बिलकुल पसन्द नहीं
यह जिसके हाथ में हो
उसे मेरी खबर नहीं

मैं सू-सू कर दूँ
वे बातें करते रहें
मैं पॉटी कर दूँ
वे हॉय–बॉय करते रहें

घुमाने ले जायँ तो
मोबाइल से चिपक कर
पार्कों में जायँ तो
मोबाइल से चिपक कर

दूध मुझे पिलाना तो
दूर की है बात
पानी तक पिलाना भी
रखते नहीं याद

एक दिन अकेले में
खिलौनों के घेरे में
पा कर मोबाइल
पटक दिया अंधेरे में

दो चार टुकड़ों में
बेचारा बिखर गया
सबों का दुलारा बन
मैं फिर [1]निखर गया

शब्दार्थ

1. सुन्दर, तरोताजा

सोचो-समझो-करो

1. बच्चा मोबाइल से क्यों चिढ़ता है?
2. अकेले में एक दिन उसने मोबाइल के साथ क्या किया?
3. मोबाइल का एक रेखा-चित्र बनाओ।

31. मेरी बाल्कनी

बहुत-बहुत प्यारी है, मेरी यह बाल्कनी
कमरों से न्यारी है, मेरी यह बाल्कनी

फूलों के गमले कतार में लगे हैं
कुछ मशीन और [1]कबाड़ कोने में पड़े हैं

पंछी के पीने के बर्त्तन यहाँ रखे हैं
मैना-कबूतरों के वे मानों घड़े हैं

फूलों के खिलने का [2]नजारा मजेदार है
प्यासे को पानी पिलाना मजेदार है

अगर मन नहीं भरा, नीचे को झाँक लो
सड़क-सवारी का, पूरा [3]आनन्द लो

[4]दूर-दराज का, पूरे आकाश का
घने-हरे पेड़ों का, छोटे-बड़े घरों का
खजाना बाल्कनी है, यह मेरी बाल्कनी है

शब्दार्थ

1. रद्दी चीजों के ढेर, 2. दृश्य, 3. खुशी, 4. दूर-दूर तक फैला

सोचो-समझो-करो

1. बाल्कनी में क्या-क्या वस्तुएँ रखी हैं?
2. वहाँ से नीचे का नजारा कैसा दिखता है?
3. पंछी को पानी देना कैसा लगता है?

32. कनखजुरा

कोने के बिल से, निकला एक कनखजुरा
दीवार के किनारे चल घुरर-घुरर गुजरा

रह-रह कर सर को, उठाता—घुमाता था
बिखरे मिहिदाने ले मुह में चुराता था

[1]अनगिनत पैर उसके, बढ़ती ज्यों लहरें
टार्च जब जलाऊँ, तो, ठिठक-ठिठक ठहरे

फिर पैरों की लहरें उसे आगे बढ़ाती थीं
नजरें बड़ी-बड़ी, दूर [2]तलक जाती थीं

मूछें दो लम्बी, नाचती रहती थीं
लगता था लगातार उससे कुछ कहती थीं

जब मेरा प्यारा कुत्ता वहाँ पहुँचा
पता नहीं किधर वह ओझल हो खिसका

शब्दार्थ

1. बहुत सारे, 2. तक

सोचो-समझो-करो

1. कनखजुरा कहाँ से निकला था?
2. उसके कितने पाँव थे?
3. उसका एक चित्र बनाओ।

33. मेरा कुत्ता

मेरा कुत्ता कालू, लगता जैसे भालू
अगर जरा पुचकारूँ, ता थैयूया करना चालू

पंखे जैसा फट-फट, दुम इधर-उधर लहराए
दो पैरों पर हो खड़ा, मुँह तक उछल-उछल आ जाए

गर मैं दूँ उसको रोटी, वह अपना मुँह घुमा ले
जब उस पर दूध उड़ेलूँ, वह चट-चट-चट-चट खा ले

जब बाहर से आऊँ तो, उछले, मेरा मुँह चूमे
गर डाँटू-फटकारूँ तो, [1]मनमार [2]परे हो घूमे

बीमार अगर पड़ जाऊँ, कोई और उसे दे खाना
सूँघे बर्त्तन पल भर को, मुँह फेर कहीं हो रवाना

शब्दार्थ

1. दुखी हो कर, 2. दूर

सोचो-समझो-करो

1. पुचकारने पर कुत्ता क्या करता है?
2. कुत्ता क्या खाना पसन्द करता है?
3. मालिक के बीमार पड़ने पर कुत्ते को कैसा लगता है?

34. चिड़ियाघर की सैर

एक दिन विद्युन गया दिल्ली के चिड़ियाघर
गोद में था घूमता, हर तरफ इधर-उधर
देखा उसने बहुत सारे पेड़, फूल, बच्चे
लाल,पीले,हरे नीले—रंग सभी सच्चे
चिड़ियाँ डालों पर थीं, फूलों पर तितलियाँ
दादी जब चूमे, उसका दिल उछले बल्लियाँ[1]
गोल-गोल घूमती इक पत्ती आ लहराई
झट चूम मुख विद्युन के, नीचे को बलखाई

एक दिन सृजन गया दिल्ली के चिड़ियाघर
पेड़ की डालों पर थे बहुत सारे बन्दर
इस डाल से उस डाल, उस डाल से इस डाल
ऊपर से नीचे, कोई नीचे से ऊपर
अगल से बगल, कोई बगल से अगल

दाएँ से बाएँ, कोई बाएँ से दाएँ
आगे से पीछे, कोई पीछे से आगे
भागते रहे बन्दर, बन्दर ही बन्दर

एक दिन कैरवी गई दिल्ली के चिड़ियाघर
देखा तालाब में बहुत सारे मगर
पानी से बाहर कुछ धूप सेक रहे थे
कुछ अपनी दुम से पानी फेक रहे थे
एक मगर मुँह अपना पूरा खोले था
दाँतों की सफाई हेतु चिड़ियों को बोले था
दो चिड़िया निडर हो उसके दाँत खोद रही थीं
एक चिड़िया डरती हुई ओट में खड़ी थी।

एक दिन अर्णव गया दिल्ली के चिड़ियाघर
देखा–जिर्राफ, शेर, हाथी का बड़ा सर
जिर्राफ पेड़ों की फुनगी था सूँघ रहा
हिप्पों पानी में बच्चों संग घूम रहा
गैंडे के पेट मानों सैकड़ों पैक ऐब थे
शेरों के [2]पुट्ठों में बड़े गजब जैक थे
बाघ की सवारी को दिल उसका मचला
सुनी जब [3]दहाड़ तब [4]सरपट वह घर चला

शब्दार्थ

1. लकड़ी की छोटी-छोटी टुकड़ियाँ 2. जाँघों की मसल्स, 3. शेर के बोल, 4. सीधी तेज चाल

सोचो-समझो-करो

1. विद्युन और सृजन ने चिड़ियाघर में क्या-क्या देखा?
2. कैरवी और अर्णव ने चिड़ियाघर में क्या-क्या देखा?

35. दस चटपटे प्रश्न

सूरज डूबा—"किसमें डूबा?"
चाँद खिला—"किस डाल पर?"
तारे टूटे—"क्या शीशे के बने थे?"
दिल खो गया—"क्या साइड पॉकेट मे रखा था?"
उसकी आँख आ गई—"कहाँ गई थी?"
उसने मुँह फुला लिया—"क्या बड़े गुब्बारे इतना?"
मुझे कारखाने जाना है—"कार खाओगे कैसे?"
तुमने आँखें चुराई—"फिर रखी कहाँ?"
वह जहन्नुम में गया—"क्या रास्ता मालूम था?"
वे स्वर्गवासी हो गए—"प्लेन से गए या रॉकेट से?"

शब्दार्थ

1. नर्क, 2. मौत होना

सोचो-समझो-करो

1. चटपटे प्रश्नों के उत्तर सोचो और लिखो।

36. नहीं पता तो जान लो

दीवारों के कान होते हैं
पेड़ों में भी जान होते हैं
नहीं पता तो जान लो
जानवर नादान होते हैं

[1]गुदड़ियों में लाल होते हैं
मौका पा [2]बेमिसाल होते हैं
नहीं पता तो जान लो
मिहनती [3]मालामाल होते हैं

घरों में [4]जंजाल होते हैं
जीवन में सौ जाल होते हैं
नहीं पता तो जान लो
[5]निर्बल के भगवान होते हैं

शब्दार्थ

1. फटे-चिटे कपड़े यानी गरीबी, 2. बेजोड़, 3. धनवान, अत्यंत सफल, 4. परेशानियाँ, 5. कमजोर

सोचो-समझो-करो

1. जानवर को नादान क्यों कहा गया है?

2. मिहनत करना आवश्यक क्यों है?

37. अच्छा नहीं

बगलें झाँकना – अच्छा नहीं
नजरें बदलना – अच्छा नहीं

अच्छा नहीं – आँखें चुराना
अच्छा नहीं – आँखे दिखाना

मुँह लगाना – अच्छा नहीं
जुबान चलाना – अच्छा नहीं

अच्छा नहीं – दाँत पीसना
अच्छा नहीं – बात खींचना

बात काटना – अच्छा नहीं
डंडी मारना – अच्छा नहीं

अच्छा नहीं – कन्नी काटना
अच्छा नहीं – लँगड़ी मारना

सोचो-समझो-करो

1. इस कविता में कितने मुहावरों का प्रयोग हुआ है?
2. उनके अर्थ समझने की कोशिश करो। फिर उनसे वाक्य बनाओ।

38. हँसमुख भाई

आ गए हँसमुख भाई
सर्कस के जोकर
हँसा-हँसा कर
लोगों को लोट-पोट करने
और पेट अपना भरने
यह सच है
जोकर [1]करामात करते हैं,
हाथ छोड़ सायकिल चलाते हैं
उलटे मुँह घोड़ा दौड़ाते,
झूलते-झूलते नीचे गिर जाते हैं
इस तरह वे हँसी बेचते हैं
[2]नकाब पहन खुशियों की
हाट लगाते हैं
किलकारियों की मंडी लगाते हैं

सोचते रहते हैं कि
कोई भी करतब[3] उनका
बासी न पड़ जाय
ठंढा न हो जाय
तभी तो वे हँसी बेच सकेंगे
अपना, अपने परिवार का
पेट भर सकेंगे

शब्दार्थ

1. अचरज भरे, 2. मुखौटा, 3. हुनर, करतूत

सोचो-समझो-करो

1. हंसमुख भाई कौन है?
2. वह खुशियाँ क्यों बेचता है?

39. हाथी की सवारी

झूझ-झूम कर टुन-टुन करता आया हाथी
सूँढ़ हिलाता, दुम फटकाता आया हाथी

पीठ पे उसके बैठा है एक [1]महावत
हाथी काबू करने का है उसे [2]महारत

तन से दुबला, हाथ में [3]अंकुश ले कर बैठा
हाथी का मालिक होने के [4]ठाठ में ऐंठा

हाथी लगता उसका [5]आज्ञाकारी है
जो बोले वैसा करना लाचारी[6] है

चलना और बैठना, रूकना, फिर बढ़ना
करना वही जो महावत का हो कहना

देख सवारी हाथी की पापा बोले
"देख, बुद्धि बल को कैसे हाथों पर तौलें"

शब्दार्थ

1. हाथी को काबू में रखने वाला, 2. गुर, जुगत, 3. लोहे का भाला जैसा हथियार जिससे हाथी को काबू में रखा जाता है, 4. घमंड, दिखावा, 5. बात मानने वाला, 6. मजबूर

सोचो-समझो-करो

1. हाथी टुन-टुन करता क्यों आता है?
2. क्या तुम हाथी की सवारी करना चाहोगे?
3. बुद्धि बड़ी या ताकत?

40. अधमरा साँप

सड़क पर देखो पड़ा एक साँप
सर और दुम दोनों रहे काँप

धड़ किन्तु जरा भी नहीं हिल रहा है
डण्डे का निशान तन पर दिख रहा है

पीठ और पेट पर है मार की रेखा
लगता है किसी ने है मारकर फेका

देखने में वह लगता [1]धामन साँप है
न कोई [2]फन, न विष का साथ है

वह जहरीला नहीं, हमारा मित्र है
दोस्त-जीवों में उसका भी जिक्र है

खा चूहे, मेढ़कों को, पेट अपना भरता है
फसलों, अनाजों को उनसे [3]मुक्त करता है

गर दीख जाए कोई आता हुआ वाहन
ले जाऊँ अस्पताल, है बात मेरे जहन[4]

शब्दार्थ

1. साँप की एक प्रजाति, 2. कोबरा के सर की त्वचा जिसे वह फैला सकता है, 3. छुटकारा दिलाना, 4. मन

सोचो-समझो-करो

1. सड़क पर पड़ा साँप जिन्दा था या मरा? कारण स्पष्ट करो।
2. धामन को मित्र-साँप क्यों कहते हैं?
3. दो विषधर साँपों के उदाहरण दो।

41. मधुमक्खी का छत्ता और पड़ोसी राजू

प्रातः उठ गुड्डू ने देखा
खिड़की के बाहर कुछ रेखा
तभी आ गया पड़ोसी राजू
सबकुछ देख हुआ बेकाबू
यह तो मधुमक्खी का छत्ता है
न कोई रेखा, न कोई गत्ता[1] है
ये तो [2]माजरा है बड़ा ही गम्भीर
खतरनाक भी, गर ये हो जायँ अधीर

फिर मारा राजू ने तानकर इक ढेला
मधुक्खियों का बादल हर ओर फैला
भागे सबलोग, भगे गुड्डू और राजू
घुसी दो मधुमक्खियाँ उन दोनों के बाजू[3]
मारा डंक उनने नर्म—नर्म बाँहों में
बीते दिन उनके दर्द भरी आहों में

शब्दार्थ

1. मोटा कागज, 2. बात, 3. बाँह

सोचो-समझो-करो

1. क्या मधुमक्खियाँ हमारी दुश्मन हैं?
2. अधीर होने पर वे क्या करती हैं?
3. गुड्डू और राजू का वह दिन कैसे बीता?

42. माँ और बेटा

बेटा

अच्छा मम्मी जरा देख लूँ कार्टून-चैनल
प्रामिस, फिर पूरा कर लूँगा होमवर्क

करो भरोसा आँख मूद मेरी बातों पर
सच कहता हूँ समझ न इसको थोथा[1] तर्क

कल भी मैंने टास्क कर लिया था पूरा
तभी खेलने बाहर निकला याद करो

क्या हुआ अधूरा अभी पड़ा है होमवर्क
कल भी तो ऐसा ही था याद करो

माँ

नहीं बात बेटा ये मेरे भरोसे की
बात तुम्हारी बढ़ती हुई उमर की है

जब जैसा मन किया वही करना छोड़ो
करना अब तैयारी कठिन [2]डगर की है

खाओ-पीओ, खेलो-कूदो, धूम मचाओ
पढ़ो-लिखो, हंगामा [3]बरपा सकते हो

पर [4]समयबद्ध [5]अनुशासन संग सब काम करो
तब जो चाहो जीवन में पा सकते हो

शब्दार्थ

1. खोखला, भोथरा, 2. रास्ता, 3. मचाना, 4. समयानुसार, 5. नियमपूर्वक

सोचो-समझो-करो

1. बेटा क्या चाहता है?
2. माँ क्या कहती है?
3. तुम किसे सही समझते हो?

43. भूत

अर्णव ने देखा भूत रात में, खिड़की से था झाँक रहा
दुबक सो गया करवट ले कर, छिप चादर में काँप रहा

सुबह उठा देखा बाहर तो, पापा का शर्ट टँगा था
उससे लटकी एक टाई थी, दुम सा उसे लगा था

एक रात फिर उसने देखा, बाहर भूत खड़ा है
बार-बार है हाथ हिलाता, घंटों वहीं [1]अड़ा है

सुबह वहाँ जब गया तो पाया केले का पेड़ गड़ा है
झूल रहा था पत्ता उसका, मानो हाथ बड़ा है

भूतों का ये कैसा [2]माजरा—जब वह नाना से बोला
थोड़ा रुक कर, खूब ठठाकर, उनने भेद ये खोला—

"भूत झूठ है, भूत [3]भरम है, अपने मन का डर है
डरपोकों के ही दिमाग में सब भूतों का घर है"

शब्दार्थ

1. स्थिर 2. खेल 3. भ्रम

सोचो-समझो-करो

1. भूत देख कर अर्णव को कैसा लगा?
2. क्या तुमने कभी भूत देखा है?
3. क्या भूत सच में होते हैं?

44. कोहिनूर सचिन

देखो बल्ला घुमा रहे हैं
तेन्दुलकर मैदान में
बॉलर सारे हाँफ रहे हैं
[1]सानी नहीं जहान में

लेंग्थ-बॉल जब फेके कोई
कवर ड्राइव कर मारे चौका
शार्ट-पिच वाली गेंदों को
करे हूक और हो जाय छक्का

स्पीनरों के होश उड़ा दे
सचिन रंग में आए जब
चौकों—छक्कों की बरसात
चारों ओर छा जाय गजब

मैक्ग्रा जैसे बालर हों तो
स्ट्रेट-ड्राइव से रनें चुराता
लगे न बाउन्डरी तो भी क्या
ढेर रनों का बढ़ता रहता

इसी तरह मारा उसने
शतकों का शतक वीर बन के
आँकड़ों के एवरेस्ट पर
खड़ा है वह [2]रणधीर बन के

शब्दार्थ

1. उसके जोड़ का, 2. युद्ध में धीरज रखने वाला

सोचो-समझो-करो

1. तेन्दुलकर का पूरा नाम लिखो।
2. "चौकों-छक्कों की बरसात" का क्या मतलब है?
3. तुम्हें क्रिकेट खेलना कैसा लगता है?

45. दे दनादन धौनी

धौनी का जलवा
यानी सोहन का हलवा
कोई ना बच सके
बल्ले से उसके
दगता रहे रन
[1]दनादन–दनादन
बालर कोई भी हो
फर्क नहीं पड़ता है
धोनी का जलवा
चलता ही रहता है
हेलिकौप्टर शाट गर
लग जाय दो-चार
ऐसा वह रंग जमाय
हो जाय बेड़ा पार

ऐसा करे [2]धमाल
विरोधी हो जायँ [3]लाचार
पल में करे फिफ्टी
पल में सौ पार
विकेट के पीछे करे
वैसा ही धमाल
कप्तानी की बात क्या—
कमाल, बेमिसाल[4]
दर्शक जब चाहें कि
हो जाय कुछ अनहोनी
जोर-जोर चिल्लाएँ
"दे दनादन धौनी"
उन्हें कभी धौनी
निराश नहीं करे
जीत छोटे-बड़े कप
झोली भर दे

शब्दार्थ

1. लगातार, 2. धूम-धड़ाका, 3. बेचारा, 4. बेजोड़

सोचो-समझो-करो

1. धौनी कौन है? उसका पूरा नाम लिखो।
2. उसकी लोकप्रियता का राज क्या है?

46. डाकिया और आज

अब डाकिया नहीं आता
[1]मेसेंजर आते हैं
[2]कूरियर आता है
पैकेट थमाता है
साइन लेता है
''थैंक यू'' कह कर
चल देता है

पहले रहता था
[3]इंतजार डाकिया का—
जो लाता था
चिट्ठियाँ, मनीआर्डर,
तार, टेलिग्राम
[4]स्वजनों का, दोस्तों का

डाकिया लोगों के
सुख-दुख में
[5]शरीक होता था
खुशी का संदेश हो तो—
मिठाइयाँ खाता था
दुख की हुई बात तो—
आँसू बहाता था
पर्व-त्योहारों में
माँगता था बख्शीस[6]
देता था बच्चों को ढेर सारे [7]आशीष

अब तो बस मानो
रोबोट आते हैं,
[8]आई.डी. देखते हैं
साइन माँगते हैं
उनके चेहरे नहीं
कम्पनियाँ होती हैं—
डी.टी.डी.सी., स्काइ पैक, ब्लू डार्ट आदि-आदि
अब पहले सी चिट्ठियाँ भी कहाँ आतीं
फोन है, मोबाइल है
इंटरनेट का जोर है
ई-मेल, फेसबुक, ट्विटर का शोर है

दुकान नहीं, मॉल का जमाना है
भीड़ में खोया हुआ
हर कोई वीराना[9] है
वैसे तो हर क्षण लोग
एक-दूजे संग जुड़े हैं
दिलों के तार लेकिन
मिले नहीं, मुड़े हैं

शब्दार्थ

1. संदेश लाने वाला, 2. सामान लाने वाला, 3. प्रतीक्षा, 4. अपने लोग, 5. शामिल, 6. इनाम, 7. आशीर्वाद, 8. पहचान-पत्र, 9. अकेला, उजाड़

सोचो-समझो-करो

1. पहले डाकिया क्या-क्या लाता था?
2. तीन कूरियर कम्पनियों के नाम बताओ।
3. आजकल लोगों के आपसी सम्बन्ध किस तरह के हैं?

47. सब को भाती मेट्रो रेल

देखो आई मेट्रो रेल, [1]महासर्पिणी मेट्रो रेल
नहीं जरा भी धक्का-मुक्का, नहीं जरा भी हल्ला गुल्ला

नहीं मची है [2]रेलम-पेल, देखो भाई मेट्रो रेल
आती, आकर जाती है, दूर-दूर [3]बलखाती है

कभी सुरंगों में घुस जाती, कभी गगन पे छाती है
कभी अन्धेरे में जगमग-जग, [4]सतरंगी बन जाती है

अन्दर के भी, बाहर के भी लोगों के मन भाती है
बॉगी में ए.सी. की लहरें, देती सबको शीतलता

सभी मौज से सफर करें, नहीं किसी को [5]आतुरता
रहे सुरक्षित विकलांगों की, माँ बहनों की भी निजता

साफ-सफाई इतनी मानो हो युरोप—अमेरिका
स्टेशन, [6]प्लेटफॉर्म चकाचक, है सर ऊँचा सबका

शब्दार्थ

1. विशालकाय साँप जैसी, 2. आगे बढ़नें में लगी भीड़, 3. दाएँ-बाएँ लचकते हुए बढ़ना, 4. अनेक रंगों की, 5. जल्दबाजी, 6. स्टेशन का वह भाग जहाँ ट्रेन रूकती—खुलती है

सोचो-समझो-करो

1. मेट्रो ट्रेन में यात्रा करना तुम्हें क्यों अच्छा लगता है?
2. मेट्रो ट्रेन का एक चित्र बनाओ।

48. सेवा-अस्पताल

अस्पताल मंदिर हैं
सेवा के मंदिर
लोग रोते, चीखते, चिल्लाते
आते हैं
नर्स, कम्पाउन्डर, डाक्टर
[1]सेवक बन उपचार में
लग जाते हैं
जाँच, दवा, आपरेशन—
जैसा जरूरी हो वैसा
वे करते हैं
रात-दिन साथ लगे रहते हैं
कष्ट दूर होते ही रोगी
[2]विहँसते लौट जाते हैं
लेकिन अस्पताल का क्या

वे पुनः भर जाते हैं
सच, अस्पताल मन्दिर हैं
उसमें काम करने वाले पुजारी हैं
सेवा ही उनकी पूजा
ऐसा मन्दिर नहीं कोई दूजा

शब्दार्थ

1. सेवा करने वाला, 2. हँसते हुए

सोचो-समझो-करो

1. अस्पताल को मंदिर क्यों कहा गया है?
2. अस्पताल में पुजारी कौन होते हैं?

49. दुश्मन हमारे

मच्छर-मक्खी हमारे दुश्मन ये सारे

डबरों और गढ्ढों के, मच्छर खिलाड़ी
पानी गर जमा हो, बन जाएँ मदारी

हिट से या फिनिट से, किसी से न हारें
मच्छर-मक्खी ये सारे, दुश्मन हमारे

नाले-पनाले में, छिपते हैं, बढ़ते हैं
हम सब की [1]त्वचा पर बैठ लहू चखते हैं

दोदरा फुला दें, बदन में हमारे
मच्छर-मक्खी ये सारे, दुश्मन हमारे

दिन में भी काटें, करें रात में घमासान
चौकस गर न रहें, उन्हें और हो आसान

बन जायँ रोगी, सारे बच्चे हमारे
मच्छर-मक्खी ये सारे, दुश्मन हमारे

डेंगू, मलेरिया, फाइलेरिया, एंसेफलाइटिस
मच्छर फैलाएँ जब, बेकार ऐंटीबॉयटिक्स

वायरस को लाएँ तन में हमारे
मच्छर-मक्खी ये सारे, दुश्मन हमारे

सड़ी-गली चीजों की दोस्त हैं ये मक्खियाँ
गन्दगी में पलती हैं उनकी हर खुशियाँ

रोगों की दुनियाँ को रखती सँवारे
मच्छर-मक्खी ये सारे, दुश्मन हमारे

मानव-मल[2] मिल जाय, तो इनके क्या कहने
जहाँ चाहें पहुँच जायँ, उड़ कर संग रहने

कूड़े के ढेरों पर इनकी बहारें
मच्छर-मक्खी ये सारे, दुश्मन हमारे

भोजन और सब्जी, बर्त्तन और बासन[3]
ये सारे बन जायँ मक्खियों के आसन[4]

विषाणुओं-किटाणुओं को इन पर दे डारें
मच्छर-मक्खी ये सारे, दुश्मन हमारे

पैरों में गन्दगी लाकर ये फैलाएँ
रोगों की सौगात घर-घर दे जायँ

कितने मर जायँ इन सब के मारे,
मच्छर-मक्खी ये सारे, दुश्मन हमारे

शब्दार्थ

1. चर्म, चमड़ा, 2. विष्ठा मैला, 3. बर्तन, 4. बैठने की जगह

सोचो-समझो-करो

1. मक्खी को क्या पसन्द है?
2. मच्छर क्यों बढ़ते हैं?
3. मच्छर-मक्खी हमारे दुश्मन क्यों माने जाते हैं?

50. जंगल का दर्द

पशु-पक्षी, जीव-जन्तु
जंगल बिन मर रहे
कटे-चिरे पेड़ों के
[1]अवशेष बढ़ रहे

जंगल कट रहे हैं
जंगल घट रहे हैं

जंगल से जलावन
काटना गलत है
जंगल की सीमा में
बसना गलत है

जंगल खो रहे हैं
जंगल रो रहे हैं

जंगल से सड़कें
निकालना गलत है
कल-कारखानों को
लगाना गलत है

जंगल हाँफ रहे हैं
जंगल काँप रहे हैं

शिकारियों का जंगल में
[2]प्रवेश गलत है
जंगल की लूट पर
[3]तिजारत गलत है

जंगल कराह रहे हैं
जंगल [4]चीत्कार रहे हैं

निहत्था यह जंगल
करे भी तो क्या
मूक-लाचार सारे
मरें भी तो क्या

जंगल घुट रहे हैं
जंगल लुट रहे हैं

जंगल विलाप कर रहे हैं
जंगल [5]अभिशाप दे रहे हैं

शब्दार्थ

1. बचे-खुचे, 2. अन्दर, 3. व्यापार, 4. कष्ट में चिल्लाना, 5. श्राप

सोचो-समझो-करो

1. "जंगल रो रहे हैं"– क्यों?
2. जंगल में शिकारियों का प्रवेश क्यों गलत है?
3. जंगल से क्या लाभ हैं?

51. मेरी पहली हवाई-यात्रा

पटना से पकड़ा प्लेन
अन्दर उसके एक ही लेन

विंडो-सीट पर जा लपका
इतने में इक दूजा टपका
बोला—"यह सीट मेरी है"
"कैसे? कैसे तेरी है?"
"तेरी-मेरी क्यों अब करता
प्लेन हो रहा तुरन्त चलता
बैठ जहाँ सीट खाली है
क्या तू कोई बवाली[1] है?"
बोला क्रू तो शान्त हुआ वह
रहा घूरता फिर भी रह-रह

सीट-बेल्ट तब बाँधा सबने
रह चिपके कुर्सी से अपने
[2]पवन-वेग से दौड़ा प्लेन
उठता ऊपर, घूमा प्लेन
तिरछा हो कर थोड़ा मुड़कर
बड़ा लगाया उसने गोता[3]
फिर ऊपर और ऊपर भागा
बेहतर था मैं ट्रेन में होता
लगा कि मैं गिर ही जाऊँगा
छत से चिपका रह जाऊँगा
तभी प्लेन ने पलटा खाया
दूजी तरफ मुझे भहराया[3]

जब सीधा उड़ चला प्लेन
नीचे दिखा साबुन का फेन
असल में वह बादल था
उससे भी नीचे थल[5] था
खेतों की हरियाली दीखी
सड़क [6]सरीखी नदियाँ दीखी
बर्फ ढके पर्वत-शिखरों[7] की
चमचम करती आभा[8] दीखी
शाम हुई, अंधियारा छाया

अंधघटाटोप का साया
घोषणा हुई कि दिल्ली आई
सीट-बेल्ट सब बाँधो भाई

तभी धरा की ओर अनोखा
गगन सरीखा मुझको दीखा
चमक रहे थे चाँद-सितारे
धरती पर हर्षित थे सारे

फिर झलकी कारों की रैली
सर्पीली सड़कों पर फैली
जगमग करता रन वे आया
तेज उजाला मन को भाया

खड़ी हुई जब मेरी प्लेन
देखा उसमे एक ही लेन

शब्दार्थ

1. कानून तोड़ने वाला बदमाश, 2. हवा की गति, 3. डुबकी, 4. लुढ़क गया, 5. जमीन, 6. जैसी, 7. चोटियाँ, 8. प्रकाश

सोचा-समझो-करो

1. हवाई यात्रा किन दो शहरों के बीच की गई?

2. यात्रा के बीच नीचे कौन–कौन चीजें दिखलाई पड़ी?
3. यात्रा में सीट-बेल्ट बाँधना क्यों अच्छा माना जाता है?

52. भूखे बच्चे

एक बड़े समारोह में
एक [1]महाभोज हुआ
सैकड़ों ने पेट-फाड़ खाया
दर्जनों ने प्लेट सिर्फ छुआ

भोज की समाप्ति पर
पेपर-थाल जहाँ फेके गए
वहाँ बच्चों का झुंड था
जो [2]जूठन [3]हथियाते देखे गए

बच्चों की हड्डियाँ सारी
गिन ली जा सकती थीं
पिचके गालों में हँसी
उभर नहीं सकती थी

लेकिन कुछ के पेट
फूल कर गुब्बारा थे
समझो न उन्हें मोटू
वे बीमार [4]आवारा थे

जूठन ही सही, उनकी अतड़ियों को
पेट भर [5]खाद तो मिला
छोड़ा-फेका ही सही, उन्हें
[6]अरसा बाद कुछ स्वाद तो मिला

पता नहीं कितने उनमें
बचेंगे, बड़े हो सकेंगे
और बचेंगे भी तो क्या—
जूठन का [7]इन्तजार भर करेंगे!

शब्दार्थ

1. बड़ी संख्या में लोगों को खिलाना, 2. खाकर छोड़ा हुआ, 3. झपटते हुए, 4. खाना, 5. बिना काम भटकते रहने वाले, 6. लम्बा समय, 7. प्रतीक्षा

सोचो-समझो-करो

1. महाभोज में भूखे बच्चे क्या कर रहे थे?
2. उन जैसों की मदद कैसे की जा सकती है?

53. पुलिसिया न्याय

"चोर-चोर" का शोर मचा तब भीड़ इकट्ठी हो गई
"कहाँ-कहाँ" के प्रश्नों से [1]आहत इक महिला खड़ी हुई

काँप रहे थे उसके पाँव, थी वह बेहद डरी हुई
दिखा रही थी गर्दन जिस पर खून की बून्दें पड़ी हुई

"गुजरे दो मोटरसायकिल-सवार नहीं जा रहे हटके थे
झुक कर खींचा हार गले का, लगे जोर के झटके थे

हेल्मेट के अन्दर थे चेहरे, नहीं पता वे कैसे थे
नम्बर प्लेट थे घिसे हुए, अक्षर भी जैसे-तैसे थे"

[2]छानबीन में जुटी पुलिस पर नहीं जानती करना क्या है
"पहना क्यों था चेन शाम में, रख [3]लॉकर में, बाहर क्या है?"

शब्दार्थ

1. घायल, 2. खोजबीन, 3. ताला लगा मजबूत बक्स, तिजोरी

सोचो-समझो-करो

1. चोर क्या ले भागे?
2. महिला को कहाँ पर चोट आई ?
3. क्या पुलिस का कहना उचित था?

54. पिंजड़े का तोता

तोता तो आकाश [1]विहग है
पिंजड़े में वह रोता है
सौ सुख सौ सुविधाओं में भी
[2]लेश नहीं खुश होता है

याद आ रहे बीते दिन जब
आजाद हवा में उड़ता था
आज यहाँ कल वहाँ बसेरा[3]
नए वनों से जुड़ता था

जब मन भाए गगन चूम ले
छिप जाता [4]कोटर में डर
जहाँ [5]शुकी थी अंडे सेती
शाम लौट कर आता घर

भले [6]स्वर्ण का है यह पिंजड़ा
पिंजड़ा फिर भी [7]पिंजर है
कैदी का जीवन क्या जीवन
चुभता मन में [8]खंजर है

शब्दार्थ

1. पक्षी, 2. थोड़ा, 3. घर, 4. पेड़ के तने में बना छेद, 5. सोना, 6. पिंजड़ा,
7. कटार की तरह का हथियार

सोचो-समझो-करो

1. तोता पिंजड़े में खुश क्यों नहीं है?
2. कैदी का जीवन कैसा होता है?
3. तोते का एक चित्र बनाओ।

55. दीवाली

जगमग-जगमग दीप जल रहे
आ गई खुशी की दीवाली
धूम-धड़ाम धमाल मच रहे
आ गई धमाकों की बारी

चकरघिन्नी [1]भूतल पर नाचे
हाथ सजे फुलझड़ियाँ
द्वारों पर [2]बन्दनवार सजे
छज्जों पर टिम-टिम लड़ियाँ

अंधियारे आकाश मची है
ध्वनि-प्रकाश की रेलम-पेल[3]
पहले बैंग-बैंग[4] होता फिर
[5]उजियारे का होता खेल

किन्तु न भूल [6]प्रदूषण फैला
सम्पूर्ण हमारी दुनियाँ में
गर जगे नहीं तो मैला है
तन-मन इस [7]दूषित जग में

अच्छा हो आवाज-धुआँ से
हम थोड़ा [8]परहेज करें
रंगीन बल्ब और लड़ियों से ही
दीपावली [9]लबरेज करें

शब्दार्थ

1. जमीन, 2. हुड़दंग, 3. धक्का-मुक्का, 4. लगातार धमाका, 5. प्रकाश 6. दोष, मिलावट, 7. मिलावटी, 8. बचाव, 9. भरा-पूरा

सोचो-समझो-करो

1. दीवाली कैसे मनाई जाती है?
2. दीवाली में किस बात से परहेज करना चाहिए।

56. मेरी आया

बस से उतरते ही मैंने पाया
सामने खड़ी मेरी आया

"बैग कहाँ...और वाटर बोतल?"
पूछा उसने [1]चौकन्नी हो कर

इतने में कन्डक्टर उतरा
"लो, [2]गुमने का नहीं है खतरा"

सौंपा उसने दोनों चीजें
भागी बस, हम रह गए नीचे

आया ने झट पकड़ा हाथ
चल कैरू लम्बी है बाट[3]

घर पहुँची तब खोले कपड़े
"तुरंत नहा, ना कर तू लफड़े[4]"

जबतक मैं नहा कर आई
आया मेरा भोजन लाई

"खा ले पूरा होगी तगड़ी
नहीं कोई मारेगा लँगड़ी

वर्ना दुबली रह जाएगी
हार-हार कर थक जाएगी"

मैं खाना चट कर जाती हूँ
हर काम में [5]अव्वल आती हूँ

मंत्र है यह मेरी आया का
जय जय जय ऐसी आया का

शब्दार्थ

1. सावधान, 2. खोने, 3. रास्ता, 4. झंझट, 5, प्रथम

सोचो-समझो-करो

1. बस से उतरते ही कौन मिला?
2. आया का मंत्र क्या था?

57. स्कूल की बस

खड़े-खड़े मन ऊबा जब
दीखी दूर से आती बस
बच्चों ने तालियाँ बजाई
देखो, स्कूल की बस आई

भर बच्चों को आगे बढ़ी
कहीं-कहीं पर रुकती चली
सही समय पहुँची स्कूल
हुई नहीं कोई भी भूल

छुट्टी-समय फिर लगी थी बस
पकड़ सीट सब, जस के तस
जब सीटों पर सब जम गए
घरों की ओर हम बढ़ गए

[1]ऊबड़-खाबड़ सड़कें हों
चौराहे चौड़े-सँकरे हों
[2]फर्राटे से बढ़ती बस
बचा-बचा कर चलती बस

[3]नियत समय पर घर पहुँचाती
समय से आती-जाती है
कड़क ठंढ हो या हो गर्मी
बच्चों के मन भाती है

शब्दार्थ

1. टूटी-फूटी, 2. तेज गति, 3. निश्चित

सोचो-समझो-करो

1. स्कूल-बस को बच्चे क्यों पसन्द करते थे?
2. तुम्हारे स्कूल की बस कैसी है?

58. रेलवे प्लैटफॉर्म

प्लैटफॉर्म पर लोग खड़े हैं, "कुली–कुली" के शोर मचे हैं
कोई खोमचे वाला गाता, सबको अपनी ओर रिझाता[1]

चायवाला देता आवाज, "चाय गर्म भई पी लो आज"
चाट-समोसे भी मिल रहे, दूध-जलेबी की कौन कहे

आईसक्रीम और लॉलीपॉप, भागे गर्मी आप ही आप
बच्चों के गुब्बारे लो, या बेनटेन ये न्यारे लो

पढ़ो मैगजीन या अखबार, सफर का साथी–कर ऐतबार[2]
इतने में घोषणा हुई, [3]ट्रेनागमन की सूचना हुई

अफरातफरी मचने लगी, मानो हुई कहीं अगलगी
ट्रेन खिसकती खड़ी हुई, खाली हो, फिर भरी हुई

कुछ दरवाजों से जा लटके, शायद न कोई खाए झटके
चली खिसकती आगे ट्रेन, सीटी दे बढ़ चली ट्रेन

शब्दार्थ

1. ध्यान खींचना, 2. विश्वास, 3. ट्रेन आने की

सोचो-समझो-करो

1. प्लैटफॉर्म किसे कहते हैं?
2. प्लैटफॉर्म पर कैसा दृश्य रहता है?

59. मम्मी के गोलगप्पे

जैसे ही बाजार में गोलगप्पे देखा, मम्मी ने कसा अपना फेंटा[1]
फिर ले हाथों में दोना, मुँह अपना पूरा खोला

डाले [2]रसगोले डब-डब, झरते जाते रस टप-टप
जैसे ही वे [3]खप जाते, दूसरे तुरंत आ जाते

[4]मुस्तैद बेचने वाली थी, [5]उस्ताद गटकने वाली थी
दर्जन भर से ज्यादा जब, गटक लिया मम्मी ने तब

मैने अपना मुँह खोला, दोना में क्या है टटोला
सिर्फ बचा था पानी, ''बेटे, मत कर नादानी

फोकचे बुरी बला हैं, मैंने बस जरा चखा है
चल तुझे चॉकलेट ले दूँ, पापा से मत कहियो तू''

शब्दार्थ

1. साड़ी के पल्लू को कमर में लपेटने की क्रिया, 2. रस से भरी खाने की गोल चीजें, 3. चुक, 4. सतर्क 5. निपुण

सोचो-समझो-करो

1. मम्मी ने कितने गोलगप्पे खाए?
2. गोलगप्पे का दूसरा नाम बताओ।
3. अन्त में मम्मी ने बेटे से क्या कहा क्यों कहा?

60. आँखें

आँखें हैं तो स्वर्ग है
न हैं तो
स्वर्ग भी व्यर्थ[1] है
आँखों के प्रति
[2]सजग रहना हमारा
प्रथम कर्त्तव्य है
पौष्टिक भोजन, हरी शाक-सब्जियाँ
नित्य प्रति खाओ
गाजर-मूली को खूब पचाओ
रोशनी हो कम
तो पढ़ो नहीं
टी.वी., कम्प्यूटर खोल
घंटों रहो नहीं
आँखों को धूप, धूल

धुआँ से बचाओ
और गर्मियों में
धूप-चश्मा लगाओ
सूरज से कभी
नजर ना लड़ाओ
आँखों की ताकत
इस तरह बढ़ाओ
करते रहे ऐसा तो
आँखें स्वस्थ रहेंगी
बुढ़ापा आने तक
दुनियाँ स्वर्ग लगेगी

शब्दार्थ

1. बेमतलब, बेकार, 2. सतर्क

सोचो-समझो-करो

1. सूरज से नजर लड़ाने का क्या मतलब है? क्या ऐसा करना चाहिए?
2. स्वस्थ आँखों के लिए किन-किन बातों का ध्यान रखना चाहिए?

खंड—3

खंड—3

61. अमर बापू

मोहनदास करमचन्द गान्धी—दुनिया कहती थी "बापू"
अफ्रीका से उसकी आँधी, भारत आ हुई [1]बेकाबू

सत्य-[2]अहिंसा से [3]डिग जाना नहीं उसे [4]किंचित मंजूर
अंग्रेजों से झुका नहीं, [5]हथकंडे हों कितने भी [6]क्रूर

आखिर झुकी [7]फिरंगी ताकत, गाँधी के नैतिक बल से
दे आजादी खिसक, चल दिए वायुमार्ग और जल से

लेकिन [8]एका बनी नहीं, परिणाम था [9]देश-विभाजन
नफरत की दीवार खिंच गई [10]आहत था अन्दर जन-मन

दागी गोली एक [11]मूढ़ ने बापू के सीने पर
मर कर भी वे अमर हो गए मानवता-[12]बलिवेदी पर

शब्दार्थ

1. काबू में नहीं, 2. बिना हत्या, खून-खराबा, 3. हट जाना, 4. थोड़ा, 5. दाव-पेंच, चालबाजी, 6. निर्दयी, 7. अंग्रेज, 8. एकता, 9. देश का बटवारा, 10. दुखी, घायल,

11. मूर्ख, 12. निछावर होने का स्थान, कुरबानी का स्थान

सोचो-समझो-करो

1. "गान्धी की आँधी" से क्या समझते हो?
2. गान्धी की किस ताकत के सामने अंग्रेजों को झुकना पड़ा?
3. गान्धी की हत्या क्यों की गई?

62. नेहरू चाचा

बच्चों के इक चाचा थे–वीर जवाहर लाल
बन प्रधान-मंत्री देश का, लगे सँवारने हाल

[1]पंचशील और [2]पंच-योजना उनके परम प्रिय थे
गुट से दूर शान्तिपूर्वक हो प्रगति, ये उनके नियम थे

चीन देश का माओ लेकिन गुपचुप [3]घात लगाए था
"मुँह में राम बगल में छूरी" का वह पूरा [4]कायल था

दाँव देख कर मारा [5]खंजर पीठ में नेहरू जी के
नेफा और लद्दाख में हड़पे बड़े क्षेत्र भारत के

मिली सीख नेहरू को कड़वी–"लड़ना बुरी बला है
किन्तु शान्ति संग आगे बढ़ना बलवानों की [6]कला है"

शब्दार्थ

1. अन्तर्राष्ट्रीय शान्ति और प्रेम की रक्षा के पाँच सिद्धान्त, 2. पंचवर्षीय योजना, 3. दाँव प्रहार, 4. मानने वाला, 5. कटार जैसा हथियार, 4. हुनर, जुगत

सोचो-समझो-करो

1. पंडित जवाहर लाल नेहरू को बच्चे चाचा क्यों कहते थे?
2. पं. नेहरू की पीठ में खंजर किसने मारा?
3. भारत के कौन से क्षेत्र आज भी चीन के कब्जे में हैं?

63. क्रान्तिकारी भगत सिंह

अंग्रजों की [1]चूल हिल गई, भगत सिंह जब बोला
[2]बधिर बनी सरकार, सुनाने छोड़ा बम का गोला

मची खलबली [3]सभागार में, गूँजा नारा देश में
भारत का सच्चा [4]सपूत है वीर भगत के वेश में

[5]लाला जी की मौत का बदला [6]सैंडर्स की हत्या थी
भगत जुड़ा था उससे यह तो बड़ी सहज [7]व्याख्या थी

झूले फाँसी पर हँसते-हँसते, उनका जीवन धन्य हुआ
भूल ना पाएँगे उनको हम, "अमर रहें"—है यही [8]दुआ

शब्दार्थ

1. पस्त होना, 2. बहरी, 3. विधान सभा हॉल जहाँ कानून बनते थे, 4. अच्छा बेटा, 5. महान देशभक्त लाला लाजपत राय जिनकी मृत्यु साइमन कमीशन के विरुद्ध प्रदर्शन के दौरान लाठियाँ खाने के कुछ दिनों बाद हो गई, 7. अर्थ 8. कामना

सोचो-समझो-करो

1. भगत सिंह ने सभागार में बम क्यों फेका?
2. वे अंग्रेजों से किस बात का बदला लेना चाहते थे?
3. उन्हें कौन सी सजा दी गई?

64. आई.जी.आई. हवाई अड्डा

[1]अर्णव सुन लो [2]बात पते की बतलाता हूँ
[3]सुन्दरतम में एक है जग में [4]जतलाता हूँ

नव भारत की नई सदी का यह [5]नायाब सितारा
जो भी उतरा इस अड्डे पर उसने अपना दिल [6]वारा

लम्बी नहीं लाइन अब लगती [7]चेक-इन [8]काउण्टरों पर
सत्तर-अस्सी उनकी संख्या, सब हैं [9]सतत [10]लाइन पर

नहीं सुरक्षा-जाँच रही अब कोई सर-दर्द
अपनापन मिल रहा सभी को, क्या औरत क्या मर्द

बड़ी [11]व्यवस्था, [12]पैमाने सब हो गए [13]ग्लोबल, बड़े-बड़े
दूर है [14]बोर्डिंग तो क्या, जाओ [15]ट्रैवलेटर पर खड़े-खड़े

नित होता [16]आवागमन हजारों वायुयानों का
नहीं काँपते लोग आज पा मौका भारत आने का

शब्दार्थ

1. एक लड़के का नाम, 2. काम की, 3. सबसे सुन्दर, 4. बतलना, 5. अनोखा, 6. दिल दिया, 7. पहुँचने की सूचना देना, 8. खास कार्य के लिए नियत स्थान, 9. लगातार, 10. कम्प्यूटर से एक दूसरे से जुड़े, 11. इंतजाम 12. स्तर, 13. विश्वस्तरीय, 14. चढ़ने का स्थान, 15. एक गतिशील पट्टी जिस पर खड़े-खड़े लोग एक स्थान से दूसरे स्थान पहुँच जाते हैं 16. आना-जाना

सोचा-समझो-करो

1. आई.जी.आई. हवाई अड्डा कहाँ स्थित है?
2. दो अन्य हवाई अड्डों के नाम लिखो।

65. लाचार भिखारी

देख भिखारी की लाचारी
भीख माँग कर खाता
"सब के दाता राम" कहाँ गए
कहाँ है उसका खाता[1]

झुकी कमर औ बुझी हैं आँखें
[2]राहजनों पर टिकी हैं आँखें
शायद उनमें कोई गुजरता
कुछ सिक्के दे जाता
वह भीख माँगकर खाता

बीमार पड़ी पत्नी खोली में
बच्चे रहे सड़क पर खेल
थका खोजता काम, मगर
मिला नहीं, किस्मत[3] का खेल

किन्तु पेट में चलती चाकी[4]
भूखा नहीं कोई रह सकता
काम नहीं तो भीख ही दे दो
पेट जरा तो भर सकता
सुनता नहीं विधाता
वह भीख माँग कर खाता

शब्दार्थ

1. बही, 2. राह पर आने-जाने वाले, 3. भाग्य, 4. चक्की

सोचो-समझो-करो

1. क्या तुमने लाचार भिखारी देखे हैं?
2. उनकी सहायता किस प्रकार की जा सकती है?

66. तुम जियो हजारों साल

तुम जियो हजारों साल
साल के दिन हों पचास हजार...
तुम्हारा जन्मदिन मुझे पता नहीं
बस इतना पता है—
आज तुम पड़े हो [1]निस्तेज
आँखें बन्द, साँसें तेज
[2]पँजरे धँस रहे हैं
पाँव तक न हिल रहे हैं
किसी से कुछ कहना नहीं, भूँकना भी नहीं
डाक्टर कहता-यही अंत है
वह कुछ नहीं कर सकता, अब
समय ही [3]हंत है
उम्र हुई पूरी, बस माँगो [4]दुआएँ—
शायद वे ही कुछ कर पाएँ

तुमने तो किसी का बुरा नहीं किया
न नोचा, खसोटा, न काटा किया
तो क्यों न मिले
तुम्हें कुछ वर्ष और?
बने रहो मुहल्ले के [5]सिरमौर
लो मेरी शुभकामनाएँ—
तुम जियो,
जियो हजारों साल,
मेरे कुत्ते, बचपन के प्यारे दोस्त!

शब्दार्थ

1. शांत, 2. पेट का पसली के निकट का भाग, 3. करुणा, अफसोस, 4. प्रार्थना, 5. सबसे ऊँचा

सोचो-समझो-करो

1. किसे जन्मदिन की शुभकामनाएँ दी जा रही हैं?
2. डॉक्टर ने क्या बताया?

67. बाढ़ की तबाही

नदी किनारे था इक गाँव, घर फसलों से भरा हुआ
अस्पताल-विद्यालय भी थे, जीवन लगता धन्य हुआ

लेकिन पिछले मौनसून में, वर्षा इतनी [1]सघन हुई
[2]जल-जमाव से फसलें डूबीं, सड़कें जल में [3]मगन हुईं

एक रात [4]हहराते जल ने, तोड़ बाँध को ध्वस्त किया
गाँव-घरों में पग फैलाकर, जन-जीवन को त्रस्त किया

[5]त्राहिमाम का [6]चीत्कार, गूँज रहा था जल-थल में
मवेशियों की क्या गिनती, लोग कई बह गए पल में

जब तक जागी सरकार और, नौकाओं से [7]राहत आई
[8]काल-गाल में समा गए कई, जब तक उनकी बारी आई

शब्दार्थ

1. धनी, 2. पानी लगना, 3. डूबना, 4. आवाज करते, 5. मुझे बचाओ, 6. चीख–पुकार, 7. मदद, 8. मृत्यु

सोचो-समझो-करो

1. गाँव का जीवन बाढ़ के पहले कैसा था?
2. बाढ़ आने के क्या कारण थे?
3. बाढ़ का वर्णन करो।

68. हीरो से जीरो

एक महान [1]दौड़ाक था
बेन [2]जांसन
बहुत चपल, तेज तर्रार था
देश को उस पर बड़ा नाज था
एक [3]ओलम्पिक प्रतियोगिता में
उसने विश्व-रिकार्ड तोड़ दिया
दुनियाँ की निगाहों को अपनी तरफ मोड़ लिया
दस सेकेंड में वह [4]सुपरस्टार बन गया
''सबसे तेज [5]धावक'' का [6]हकदार बन गया
दुनिया उसके कदम चूमने लगी
उसकी इच्छाएँ [7]गगन चूमने लगीं
तभी पता चला उसकी सफलता
थी धोखे पर खड़ी
मिहनत थी कम, बातें बड़ी-बड़ी

धोखे के बल पर
उसने रेकर्ड गढ़ा था
[8]ड्रग के सहारे [9]ताकतवर बना था–
पेशाब की जाँच से
यह [10]तथ्य निकला
थू-थू का शोर हर तरफ हो चला
पल में वह हीरो था,
पल में जीरो बना
[11]स्वर्ण पदक छिन गया
रोने वाला न रहा सिवाय अपने
[12]काफूर हो गए सारे सपने

शब्दार्थ

1. दौड़ में भाग लेने वाला खिलाड़ी, 2. कनाडा के एक दौड़ाक का नाम, 3. हर चार वर्ष पर होने वाली विश्व- खेल-प्रतियोगिता, 4. बहुत महान लोकप्रिय व्यक्ति, 5. दौड़ने वाला, 6. हक रखने वाला, 7. आकाश, 8. नशे व हारमोन की दवा, 9. मजबूत, 10. सच, 11. न.-1 का पुरस्कार, 12. गायब

सोचो-समझो-करो

1. बेन जांसन की सफलता का राज क्या था?
2. वह हीरो से जीरो कैसे बना?
3. ओलम्पिक खेल पर एक छोटा सा लेख लिखो।

69. दिल्ली दिल है मेरी जान

दिल्ली दिल है शान हमारी
स्वागत सब का सबसे यारी
नहीं किसी पर कोई भारी
जाने हिन्दुस्तान, जहान ..... दिल्ली दिल है मेरी जान
[1]लाक्षागृह या इन्द्रप्रस्थ हो
तुगलक, लोदी, मुगल-बाग हो
कब्रगाह या किला-विला हो
पग-पग में दिल्ली की शान.... दिल्ली दिल है मेरी जान
नूतन और पुरातन क्या
स्वर्णिम [2]संगम है ये [3]अपूर्व
लोटस, सीपी, चाँदनी चौक
संस्कृतियों के [4]गन्धर्व गान ...... दिल्ली दिल है मेरी जान
राजीव चौक के रेले में
धरा-गर्भ के मेले में

नागिन मेट्रो के फेरे में
दूरियाँ सभी छूमंतर मान ...... दिल्ली दिल है मेरी जान
[5]प्रागैतिहास और [6]भावी क्या
[7]भग्नावशेष [8]अभिनव उत्सव
चुकते संध्या के अंधियारे
[9]आगत यह नवयुग का [10]विहान .... दिल्ली दिल है मेरी जान

शब्दार्थ

1. लाह का घर 2. मिलन 3. बेजोड़ 4. नाचने-गाने वाली एक जाति 5. इतिहास के पहले का समय 6. भविष्य 7. खंडहर 8. नया 9. पहुँचा हुआ, आगमन 10. सुबह

सोचो-समझो-करो

1. राजधानी दिल्ली पर एक लेख लिखो।

70. ठिठुरता जाड़ा

हर तरफ छाया है घना [1]धुन्ध [2]कोहरा
न जाने किधर है सूरज का चेहरा
जारी है [3]प्रकृति का [4]अनथका [5]मोहरा
बच्चो समझ लो है राज बड़ा गहरा

अगर तुम पहने रहो बखूबी गर्म कपड़े
देर रात बाहर रह न करो [6]व्यर्थ [7]लफड़े
फिर क्यों सर्दी-बुखार आ तुम्हें जकड़े
क्यों कोई दिन भर, रहे खाट पकड़े

गरीब-[8]कामगारों की बातें कुछ और
न तन पे सही कपड़े न मुँह में सही कौर
न काम का [9]जुगाड़ न रहने का [10]ठौर
सरकार भी करती नहीं इस बात पर गौर

प्रकृति का क्या यह इंसाँ की बात है
क्यों कहीं दीवाली कहीं काली रात है
मौसम का इसमें कुछ खास नहीं हाथ है
जाड़ा या गर्मी–ये दोनों [11]सौगात हैं

शब्दार्थ

1. धुआँ जैसा, 2. जाड़ों में सुबह-शाम हवा में धुआँ जैसा छाने वाली नमी की बूँदें, 3. धरती का स्वभाव, 4. बिना थका, 5. चाल, 6. बेकार, 7. झंझट, 8. मजदूर, श्रमिक, 9. जुगत, 10. ठिकाना, 11. उपहार

सोचो-समझो-करो

1. जाड़े में गरीबों का जीवन कैसा होता है?
2. जाड़ा और गर्मी दोनो को सौगात क्यों कहा गया है?

71. जीवनदाता सूरज

दिन–रात जल रहा सूरज
देता प्रकाश और [1]उर्जा
कायम है उसके बल पर
यह [2]सिस्टम [3]सौर-मंडल का

धरती तो उसकी [4]कृति है
[5]अन्यथा कहाँ जीवन था
उसकी उर्जा औ किरणें
ले कर ही कुछ सम्भव था

[6]वाष्पीकरण, प्रकाश और वर्षा
के क्रम में ही कुछ घटा
[7]वीरान [8]धरा के जल में
जीवन की बिखरी छटा

फिर जीवन की रचनाएँ
बढ़ चली [9]असंख्य रूपों में
बनते [10]आहार [11]परस्पर
फैले सब जल-थल-नभ में

धरती की सारी गति का
सच केन्द्र रहा है सूरज
दिन की तो बात न पूछो
रातें भी उसकी—क्या अचरज?

शब्दार्थ

1. शक्ति, 2. सिलसिला, 3. सूरज और उसके ग्रह-उपग्रह, 4. रचना, 5. नहीं तो, 6. जल का वाष्प बनना, 7. उजाड़, 8. धरती, 9. अनगिनत, 10. भोजन, 11. आपस में

सोचो—समझो—करो

1. सौर-मंडल का आधार किसे कहोगे?
2. सूरज ने धरती को क्या-क्या उपहार दिए हैं?

72. झूठा नेता

झूठा नेता बात बनाता
आम जनों को है भरमाता[1]
जब चुनाव सर पर आ जाए[2]
[3]साम-दाम नीति अपनाता

माफी माँगता चलता वह
हाथ जोड़ता चलता वह
जब दौर चुनावी हों पूरे
[4]आँख दिखाता चलता वह

[5]जाल-फरेब से सफल हुआ
जन-सेवा बस नकल हुआ
सौ चेहरों वाला नेता
जागी जनता, [6]विफल हुआ

[7]सत्ता का [8]धौंस दिखाता था
पैसे का [9]छूत लगाता था
जनता जब उठ खड़ी हुई
[10]मिथ्या बात बनाता था

शब्दार्थ

1. मूर्ख बनाना, 2. निकट आ जाए, 3. साम-दाम-दंड-भेद की नीति, 4. डराना, 5. जोड़-तोड़, तिकड़म, 6. असफल, 7. शासन, 8. धमकी, 9. लत, 10. झूठ

सोचो–समझो–करो

1. झूठे नेता की पहचान कैसे करोगे?
2. जनता के सजग बनने पर झूठे नेता का कैसा अंत होता है?

73. सच्चा नेता

देखो वह आ रहा जॉन
लोगों के संग चला रहा मौन
नहीं कोई नारेबाजी है
उसे जानता नहीं कौन

थाना हो या ब्लॉक कचहरी
विद्यालय हो या अस्पताल
जहाँ कहीं [1]घपला सा दीखे
आ पहुँचे वह लेने हाल

समस्याएँ पुलिया की हों
या राशन, [2]चोर-बाजारी की
लोग पहुँचते उसके ही घर
[3]आस लिए हर [4]समाधान की

जनता से चाहत नहीं कोई
है मान उसे मर्यादा[5] का
अपने दल से जो मदद मिले
है [6]सीमा उसकी [7]आमद का

उसे नहीं टिकट की चिन्ता
किन्तु यदि वह मिल जाए
लड़ें और भी, कितने भी,
जयमाल विजय का वह पाए

दे [8]ब्योरा [9]निज सम्पत्ति का
हर साल घोषणा वह करता
है नहीं छिपा कुछ भी जिसका
पहचान वही सच्चा नेता

शब्दार्थ

1. गड़बड़ी, 2. जमाखोरी, 3 उमीद, 4. हल, 5. इज्जत, सदाचार, 6. हद, 7. आय, 8. विवरण, 9. अपनी

सोचो-समझो-करो

1. सच्चे नेता की क्या पहचान है?
2. तुम उसे वोट देना क्यों पसन्द करोगे?

74. चाल का जीवन

सोचो—इक छोटी सी खोली[1]
पाँच फीट लम्बी छः फीट चौड़ी
चार सयाने रहते उसमें
बच्चे कई हमजोली

उतने में ही जीवन पसरा
दस लोगों का है असरा[2]
[3]नित्य-क्रिया हित बाहर जाना
रात [4]पालियों में सो जाना

दिन में मर्द काम पे जाएँ
खोली चौका—घर बन जाए
बर्त्तन-[5]बासन माँज-माँज कर
औरतें भी आय बढ़ाएँ

बच्चों को काई काम नहीं
गिल्ली डंडा और [6]बतकही
झगड़ा-टंटा, गाली-गुफ्ता
देख-देख उनका मन भरता

नहीं लेश [7]किंचित हैं खुशियाँ
बुझा-बुझा है उनका तन-मन
पेट की चलती चाकी[8] भरना
समझ [9]चाल का इतना जीवन

शब्दार्थ

1. रहने का छोटा कमरा, 2. आसरा, सहारा, 3. सुबह की क्रिया—शौच जाना, मुँह धोना आदि, 4. बारी-बारी से, 5. बर्त्तन, 6. बहस, 7. थोड़ा, 8. चक्की, 9. झोपडपट्टी

सोचो-समझो-करो

1. खोली किसे कहते हैं?
2. चाल के बच्चों का जीवन कैसा होता है?
3. उन बच्चों की स्थिति सुधारने के लिए तुम क्या सुझाव देना चाहोगे?

75. पिता की छाया

[1]दूरस्थ भले हो पिता किन्तु
छाया तो करता रहता है
दिखता वह [2]निर्मम कठोर पर
[3]निगहबान बन रहता है

माँ की ममता से मेल नहीं
नर वह नारियल जैसा है
बाहर से [4]वज्र-[5]शलाका तो
भीतर से पानी जैसा है

अनुशासन-नियमों में बँध
शिशु [6]वयस्क बनता है
[7]जीवन-संघर्षों में [8]रमता
[9]निर्भय हो कर लड़ता है

[10]शैशव का ढलना [11]यौवन में
कोमल कठोर से मिल कर है
माता देती संगीत अगर
हर [12]थाप पिता की [13]लय पर है

शब्दार्थ

1. जो निकट नहीं, 2. निर्दयी, 3. पहरेदार, 4. कठोर, 5. धातु, 6. युवक, 7. दैनिक कार्यकलाप, 8. चलता-फिरता, 9. निडर, 10. बचपन, 11. जवानी, 12. तबले की थाप जिससे स्वर निकलता है, 13. गाने की धुन

सोचो-समझो-करो

1. क्या पिता निर्दयी होते हैं?
2. जीवन में अनुशासन का क्या महत्व है?

76. बीमार पानी

बीमार पानी बीमार बनाता है
जो खुद है लाचार, लाचार बनाता है

स्वच्छ पानी का नहीं कोई घर अब
कचरा, [1]प्रदूषण बहता [2]डगर अब

नाले-[3]पनाले नदी में मिल रहे हैं
झील और ताल उन्हें लील रहे हैं

हवाओं में फैला प्रदूषण बड़ा है
बादलों में भी उनका जहर भरा है

विषैले पानी ऊपर से बरसते हैं
प्रदूषित जल जमीं पर ठहरते हैं

अन्दर धरातल के कठोर जल है
चौतरफे मिलावट का यही फल है

उसमें कहाँ अब [4]जीवनी-शक्ति है
मानव में कहाँ अब बची भक्ति है

जगेगा नहीं वह तो केवल लड़ेगा
अपने-पराए से भिड़ कर मरेगा

पानी पर अनवरत बहस चल रही है
लेकिन यह ठोस करने की घड़ी है

नहीं तो [5]जलसंकट और भी बढ़ेगा
तीसरा महायुद्ध इसी पर छिड़ेगा

शब्दार्थ

1. मिलावट, 2. रास्ता, 3. गन्दा नाला, 4. जीने की ताकत, 5. पानी की समस्या

सोचो-समझो-करो

1. "बीमार पानी" से क्या समझते हो?
2. पानी की जीवनी-शक्ति कहाँ खो गई?
3. तीसरा महायुद्ध किस बात पर छिड़ेगा?

77. घुटती हवाएँ

स्वच्छ हवाएँ कहाँ बह रही हैं
जो बह रही हैं, [1]जहर–बुझी हैं

इनके हमराही हैं धूल के गुबार
विषैली गैसें भी मिली बारम्बार

[2]Co_2 से दम घुट रहा है
जीवन-दाता पवन अब कहाँ है

निकलने न देते ये धरती की गर्मी
जीवन है बेचैन भले पड़ती सर्दी

[3]हिमनद सारे [4]तड़फड़ा रहे हैं
खाड़ी-समन्दर हड़बड़ा रहे हैं

दम कहाँ हवाएँ बदली को लाएँ
जंगल को थपकी दे-दे कर सुलाएँ

[5]दमघोंटू बवंडर गुबारों के दिन हैं
बेचैनी भरे [6]लू और अंगारों के दिन हैं

जागो, हवाओं को और ना सताओ
प्रदूषण करो कम, पेड़, जंगल बढ़ाओ

फिर देखो सबको सौगात मिलेंगी
हवा, हरियाली, स्वच्छ बरसात मिलेंगी

शब्दार्थ

1. जहरीली, 2. कार्बन डाय ऑक्साईड, 3. बर्फ की नदी/ग्लेशियर, 4. छटपटाना, 5. दम घोंटने वाला, 6. गर्म हवा

सोचो-समझो-करो

1. "जहर बुझी हवा" से क्या समझते हो?
2. शुद्ध हवा के लिए कैसा वातावरण चाहिए?
3. स्वच्छ हवा से क्या-क्या लाभ हैं?

78. नदियों की वेदना

देश की नदियाँ अपने हाल पे रोती हैं
जल का [1]भंडार रोज-रोज खोती हैं

जल भी कैसा—[2]गाद, कचरा, [3]मल भरा
लगता जैसे नदी नहीं, पनाला है बड़ा

स्वच्छ शीतल हवाएँ कहीं गुम हो गईं
नदी की [4]सैर अब बीती बात हो गई

नाला बनी नदी अब [5]बदबू फैलाती है
जो दुख उसे मिले, उसे ही लौटाती है

अब नदी में नहाना बीमारी बुलाना है
कपड़े तक धोना अब उसमें मना है

शहर के सौ नाले उसमें जा गिरते हैं
कूड़े और कचरे उसमें जा मिलते हैं

पहाड़ों से उसे अब पानी भी कम मिलते
बादलों से उपहार, पहले सा नहीं झरते

सूखी नदी, रूखी नदी [6]रेत ही लाएगी
फसल क्या, [7]भुखमरी की फसलें उगाएगी

शब्दार्थ

1. मात्रा, 2. गन्दी मिट्टी, 3. बिष्ठा, 4. टहलना, 5. दुर्गन्ध, 6. बालू, 7. अकाल

सोचो-समझो-करो

1. देश की नदियाँ रोती हैं—क्यों?
2. नदियों के गंदा होने से क्या-क्या नुकसान होंगे?

79. सागर की सम्पदा

[1]घहराता सागर [2]मतियाता, [3]उत्थाल तरंगों में हहराता
नौकाओं की क्या बिसात[4], [5]बेड़ों को भी है [6]दहलाता

सागर किन्तु सहारा है, [7]दूरस्थ [8]तिजारत देशों का
जितने चाहो टन लादो, [9]गंतव्य सुदूर प्रदेशों का

व्यापार नहीं वह भोजन भी उपलब्ध कराता है हमको
[10]आगार मछलियों से भर कर, [11]आखेट बनाता है सबको

सागर [12]भंडारण है [13]अक्षय कितने ही पोषण-तत्वों का
सीने पर बिखरे खनिज [14]अगाध, जो पहुँचे उन तक, हो उनका

वह नमक और वर्षा देता, यह तो ज्ञात सबों को है
जलवायु और मौसम भी तो [15]सौगात उसी का हमको है

शब्दार्थ

1. आवाज करता, 2. उफनता, 3. ऊँची, 4. औकात, 5. बड़े जहाजों का समूह, 6. डराना, 7. सुदूर स्थित, 8. व्यापार, 9. पहुँचने का स्थान, 10. खजाना, 11. शिकार, 12. गोदाम, 13. कभी नष्ट न होने वाला, 14. बहुत ज्यादा, 15. उपहार

सोचो-समझो-करो

1. सागर की चार सम्पदाओं के नाम गिनाओ।
2. मानव को सागर की कौन-कौन सी प्रमुख देने हैं?

80. विज्ञान और मनुष्य

[1]गुफा युग से निकल मानव आज
उड़ चला आकाश में ले [2]यान अपने
साध अनगिन आपदाओं को जुगत से
पूरे किए [3]अरमान जो लगते थे सपने

आकाश में बिजली चमकना—क्या गजब था
बादलों से झमाझम पानी बरसना—क्या अजब था
डोलती धरती या था सागर गरजता
बाढ़ आती, आग लगती जंगलों में—क्या गजब था

विज्ञान का ले कर [4]सतत् उसने सहारा
लगाए अनगिन जुगत, कई राज खोले
बढ़ता रहा विज्ञान का यूँ [5]कारवाँ तो
पार जा कर [6]अन्तरिक्ष के द्वार खोले

मन तथा शरीर की बारीकियाँ भी
खुलती रहीं विज्ञान की पैनी निगाहों से
[7]उपचार की [8]बहुविध [9]विधाओं ने हमें
[10]संजीवनी दी, मुक्ति दी सौ लाख रोगों से।

शब्दार्थ

1. जानवरों के निवास-स्थान जो टीलों-पहाड़ो में उनके द्वारा या प्रकृति द्वारा बनाए जाते हैं, 2. हवाई जहाज, 3. आशा, 4. लगातार, 5. जुलूस, 6. बाहरी आकाश, 7. इलाज, 8. विभिन्न तरीके, 9. ज्ञान की शाखाएँ, 10. प्राण-रक्षक बूटी

सोचो-समझो-करो

1. विज्ञान से होने वाले लाभ पर प्रकाश डालो।
2. क्या तुम विज्ञान पढ़ना चाहोगे?

81. आणविक युद्ध

युद्ध हमेशा बुरा होता है
जतन से जो भी खड़ा करता मनुज
दिन–महीने–बरस भर में
अपने हाथों ही गँवा देता मनुज

कोई जीते, कोई हारे मगर
आम जन होता [1]पराजित समझ लो
पिता, पति या पुत्र ही दोनों तरफ के
[2]खेत रहते, [3]रूदन करते, यह समझ लो

और अब तो अणु बमों से युद्ध करना
[4]सर्वकालीन [5]सर्वहत्या की तरह है
[6]गगनचुम्बी आग की ज्वालाओं बिच
बह रही यह मौत की आँधी [7]निरत है

फिर कौन जीता कौन हारा फर्क क्या
मृत और जीवित [8]वेदना में ही दिखेंगे
जीवन किसी सुदूर [9]अन्तर्गुफा में यदि
शेष हों तब भी, [10]मृतप्राय ही मिलेंगे

शब्दार्थ

1. हारा हुआ, 2. मारा जाना, 3. रुलाई, 4. हमेशा के लिए, 5. सबों की हत्या, 6. बहुत ऊँचा, 7. लगातार, 8. दुख, दर्द, 9. भीतरी गुफा, 10. मृत के समान

सोचो-समझो-करो

1. युद्ध से क्या-क्या नुकसान होतें है?
2. आणविक युद्ध का क्या परिणाम होगा?

82. पहाड़ का बदला

मैं पहाड़ सब देख रहा, अपनों की घात ही झेल रहा
बन्दूक तोप के गोलों से, हैं छलनी सब सुख शोलों से

जग को मैने [1]सौगात दिए, नदी झील बरसात दिए
नहीं कभी कुछ भी माँगा, भोजन-वस्त्र, न स्वर्ण-सुहागा

पर मानव ने देखो मेरी, कैसी [2]ऐसी-तैसी कर दी
हरियाली को तहस-नहस कर, राख और चिनगारी भर दी

मेरे सीने पर चल-चल कर, मेरे मस्तक पर चढ़-चढ़ कर
कूड़ों के [3]अम्बार लगाए, कचरों के [4]जंजाल बढ़ाए

कीटाणुओं के बढ़ते बल, रोग फैलते, नहीं हैं हल
सूख रहे हैं पौधे-पेड़, सिकुड़ रहे जंगल के मेड़

होती नहीं यहाँ बरसात, समझ न इसे साधारण बात
बर्फ की चादर गलती जाती, हरियाली नित घटती जाती

अब देखो तुम मेरा बदला, वर्षा-जल सब होगा गँदला
नदियाँ रेत ही लाएँगी, पेड़ों को काट बहाएँगी

सूखेंगे नदियों के पेट, अब भी जागो नहीं है लेट
पहाड़ नहीं बादल रोकेगा, वर्षा-हित न उसे टोकेगा

समय [5]शेष है अब भी जागो, जग-विनाश की राह तुम त्यागो
प्रकृति को अपनी माता मान, करो सुरक्षित उसके प्राण

शब्दार्थ

1. उपहार, 2. बुरी दशा, 3. ढेर, 4. झंझट, 5. बाकी

सोचो-समझो-करो

1. पहाड़ से क्या लाभ हैं?
2. पहाड़ को किस बात का दुख है?
3. पहाड़ किस प्रकार बदला ले सकता है?

83. दिल्ली : छोटा हिन्दुस्तान

दिल्ली दिल है भारत का, यह छोटा हिन्दुस्तान
उत्तर-दक्षिण-पूरब-पश्चिम नहीं कोई अनजान

[1]भगवा-[2]सूफी कदम-कदम पर चर्च और गुरुद्वारा
हुए एक हैं सभी यहाँ पर, [3]जनहित का दे नारा

देशी और विदेशी क्या, क्या गोरे, क्या काले
बाग-बगीचे गली-गली में, एक हुए मतवाले

बलखाती ट्रैफिक इतराती सिग्नल फ्री सड़कों पर
अंडर, फ्लाई-ओवरों के सौंदर्य भरे [4]पग-पग पर

जड़ता और गरीबी से थक दूर भागने वाले
होते [5]विभोर आते ही-[6]लख मेट्रो, खा चटखारे

कश्मीर-हिमाचल की ठण्ढक या ज्वाला राजस्थानी
थाम न पाती कदमों को, है यह [7]अपूर्व राजधानी

शब्दार्थ

1. गेरूआ रंग के वस्त्र पहनने वाले हिन्दु-संगठन, 2. सभी धर्मों से प्रेम करने वाले इस्लाम धर्म के कुछ सम्प्रदाय, 3. जनता के लिए, 4. कदम, 5. बहुत खुश, 6. देख, 7. बेमिसाल

सोचो-समझो-करो

1. दिल्ली को छोटा हिन्दुस्तान क्यों कहा जाता है?

84. कोहिनूर है पटना

है बिहार के स्वर्णमुकुट का [1]कोहिनूर यह पटना
कभी पाटलीपुत्र यही था नन्द, अशोक का अपना।

फ़ाह्यान का आकर्षण और ह्यूएनसांग का प्यारा।
गुप्तकाल की स्वर्णिम [2]संस्कृतियों का झरना न्यारा।

शिव की भाँति [3]पावनी गंगा जिसके सिर बहती है
बौद्ध, मुगल, सिखों की [4]गाथा गली-चौक कहती है।

अंग्रेजों की [5]बर्बरता जब बढ़ी, [6]रास ना आई
गान्धी की आँधी में झोंका सबकुछ, [7]रत्ती-राई।

[8]नमन शहीदों की बलिवेदी, फहरा आजादी का [9]परचम
नहीं सहे पटना ने किंचित [10]अनाचार के जुल्म-[11]सितम।

[12]"सम्पूर्ण-क्रान्ति" का [13]शंखनाद कर, दे [14]समता के नारे
हिला दिया दिल्ली को—ज्यों ही जेल भर गए सारे।

इतिहास के पन्नों पर है अमिट छाप पटना की
[15]आरुढ़ विकास के रथ पर है अभिलाषा जन-जन की।

शब्दार्थ

1. बहुत बड़ा एक हीरा, 2. जीवन-शैली, 3. पवित्र, 4. कहानी, 5. क्रूरता, 6. पसन्द, 7. छोटी से छोटी चीजें, 8. सर झुकाना, 9. झंडा, 10. अत्याचार, 11. तकलीफ, 12. 1974 के आन्दोलन में जयप्रकाश नारायण द्वारा दिया गया नारा—इसमें मुख्यतः सात स्तरों पर क्रान्ति की बात कही गई, 13. शुरूआत की घोषणा, 14. बराबरी, 15. जमकर बैठा हुआ

सोचो-समझो-करो

1. बिहार की राजधानी पटना पर एक लेख लिखो।

85. खयाली पुलाव

हाँकना बड़े-बड़े, करना कुछ खास नहीं
[1]खयाली पुलाव पकाना बड़ी बात नहीं

डींग बहुत मारे जो, दूर उससे रहो
[2]गप्प [3]चंडूखाने की, न हाँको, न सुनो

है चाह अगर बढ़ने की, उठो, कुछ करो
सोच बड़ी-बड़ी बातें, न तुम उन पर मरो

[4]कोलम्बस की यात्रा हो या [5]चीनी दीवार
छोटी शुरूआत ने ही किया होगा वार

पहले इक [6]डोंगी चलाना तो सीखो
ईंटों से [7]खड़िया बनाना तो सीखो

रास्ते फिर आगे बनाते ही जाओगे
जो [8]हाँकोगे ज्यादा, हाँकते रह जाओगे

शब्दार्थ

1. कल्पना में बड़े-बड़े काम करना, 2. हवाई बातें, 3. बेसिर पैर की बातें, 4. इंगलैंड का एक जहाजी जिसने अमेरिका की खोज की, 5. चीन की महान दीवार जो दुनियाँ के सात आश्चर्यों में एक मानी जाती है, 6. छोटी नौका, 7. ईंट की सड़क, 8. डींग हाँकना

सोचो-समझो-करो

1. "खयाली पुलाव" से क्या समझते हो?
2. छोटी शुरूआत करना क्यों अच्छा है?

86. विवेक : विश्वास

[1]विवेक, [2]विश्वास में
बड़ा फर्क है
विवेक सोचता है, तौलता है, समझता है
और तब आगे बढ़ता है
इसीकारण—
विवेक [3]अक्सर सफल होता है
विश्वास [4]लीक का फकीर बन
अंधेरे में बढ़ता है
अंधे की तरह, और
[5]संयोगवश सफल होता है
आस्था, तर्क, विज्ञान के प्रकाश में
बढ़ते हैं विवेक के कदम
किन्तु विश्वास का कभी भी
निकल सकता है दम, क्योंकि वह

प्रश्न नहीं, मात्र [6]अनुसरण करता है
जबकि विवेक
प्रश्न-पर-प्रश्न करता है
सोचता, समझता, काटता-छाँटता है
[7]तसल्ली करता है
फिर अनुसरण करता है
विवेक शक्ति है, भक्ति है
सफलता की [8]निधि है
किन्तु बिना विवेक विश्वास
[9]अंधविश्वास की [10]साखी
अज्ञान की [11]बैसाखी है

शब्दार्थ

1. वस्तुओं में उनके गुण के अनुसार भेद करने की शक्ति, 2. आस्था, भरोसा, 3. पुरानी सोच पर चलने वाला, 4. सुयोग से, 5. पीछे-पीछे चलना, 6. आश्वस्त होना, 7. धन, 8. बिना सोच-समझ वाली आस्था, 9. पद, दोहा, 10. अपाहिज, 11. चलने के लिए लँगड़े का सहारा

सोचो-समझो-करो

1. विवेक किसे कहते हैं?
2. विवेक हीन विश्वास क्या है?
3. क्या तुम्हारा कोई अंधविश्वास है?

87. झटपटी की खटपटी

रात भर सिपाही घोड़ा बेच कर सोता रहा
(सिपाही घोड़े पर चढ़ता है या उसे बेचता है?)
उसने कामचोरी की *(चोरी कर कहाँ छिपाया?)*
तो चोर नौ दो ग्यारह हो गया
(एक से नौ, फिर दो, फिर ग्यारह—चोर है या कोई बाजीगर?)
दारोगा लाल-पीला होता रहा
(गिरगिट था क्या?)
सर पीटता, हाथ मलता रहा
(सर किस चीज से पीटा, फिर हाथ क्यों धोया?)
उधर चोर हवा से बातें करता
(किस भाषा में? क्या हवा भी बोलती है?)
घर पहुँचा तो बच्चे खुशी से बाँसों उछलने लगे
(क्या बच्चे पोल-वॉल्ट के खिलाड़ी थे?)

उसकी पत्नी सपनों में खो गई
(सोने की बजाय दौड़कर स्वागत करना था न?)
तभी दरवाजे पर आहट हुई
चोर को लगा—दाल में कुछ काला है
(क्या दाल जल गई थी?)
दरवाजा खोला तो सामने दारोगा था
चोर फिर पिंजड़े में था
(इतना बड़ा पिंजड़ा दारोगा लाया कैसे?)
उसकी दाल न गल सकी
(जल गई तो गलती कैसे?)
सारे इरादों पर पानी फिर गया
(इरादों को सन्दूक में बन्द कर क्यों नहीं रखा?)
और बच्चों के हाथ के तोते उड़ गए
(बच्चों ने हाथ में तोते क्यों रखे थे?)

सोचो-समझो-करो

उक्त पंक्तियों में मुहावरों का प्रयोग किया गया है। जो उन मुहावरों का अर्थ जानते हैं वे कविता का अर्थ समझ लेंगे। जो नहीं जानते वे वैसा ही प्रश्न करेंगे जो कोष्ठक में दिए गए हैं। तुम मुहावरों को ढूँढ़ने और उनके सही अर्थ जानने की कोशिश करो।

88. मॉल के मजे

ये शहरों के हाट-मॉल के बड़े मजे
एक बार अन्दर आ कर पहचानो तो
कहीं और जाने की है [1]दरकार नहीं
क्या नहीं यहाँ है, आकर ये तुम जानो तो

शर्ट, पैंट, बनियान और जूते-चप्पल
साड़ियाँ, समीज, सलवार या कि गाउन-[2]कैप्री
ले लो बच्चों के ट्वायज और कार्टून फिल्म
मफ़लर, स्वेटर, [3]स्टोल, शॉल लो साइज फ्री

यहाँ सजी रंगीनी, रंग सजा लो तुम
[4]किचेन सहित कमरों को दे दो नया रूप
[5]बेसिन, [6]शावर, [7]टैप, [8]मिरर के क्या कहने
बिजली [9]सज्जा को देख-देख शर्माए धूप

बर्त्तन-[10]बासन या खोज रहे [11]माइक्रो, [12]ओवन
सब के शोरूम मिलें यहाँ, चाहे जो ले लो
शाक-सब्जियाँ, राशन-पानी, [13]फूड-कोर्ट
हाजिर सबकुछ हैं यहाँ, भूख मिटा तो लो

लम्बी है [14]फेहरिश्त यहाँ के चीजों की
जितना खोजो उतना ही तुम पाओगे
मंजिल-दर-मंजिल चढ़ो, घूम कर देखो तो
चलती सीढ़ी से खड़े-खड़े चढ़ जाओगे

शब्दार्थ

1. जरूरत, 2. एड़ी से थोड़ा ऊपर तक आने वाला पैण्ट, 3. छोटा शॉल, 4. रसोई घर, 5. टैप के नीचे लगा बर्त्तन, 6. नहाने का झरना, 7. नल, 8. आइना, 9. सजावट, 10. बर्त्तन, 11. माइक्रोवेव तन्दूर, 12 तन्दूर, 13 सामूहिक खाने की जगह, 14. सूची

सोचो-समझो-करो

1. मॉल में बिकने वाली दस वस्तुओं के नाम बताओ।
2. "चलती सीढ़ी" को आम भाषा में क्या कहते हैं?

89. सदी के महानायक अमिताभ

गंगा, यमुना, सरस्वती के संगम पर
सात हिन्दुस्तानी आनन्द से रहते थे
कालिया, राम बलराम, बंसी बिरजू
रेशमा और शेरा तथा बंटी और बबली
उनके बीच निशब्द एक रिश्ता था—
बेमिसाल इंसानियत का, याराना, दोस्ताना का
उनके प्यार की कहानी में
रोटी, कपड़ा और मकान की समस्या न थी

लेकिन अजब संजोग था कि
वे बेशरम बन
तीन पत्ती या सत्ते पे सत्ता की
गहरी चाल चलने में लगातार
इमान—धरम भूल कर लगे रहते—

कोई ग्रेट गैम्बलर बनना चाहता
तो कोई शान से पुकार लगाता–
"इंकलाब ... मैं हूँ देश-प्रेमी"
कोई कहता–"खुदा गवाह,
मैं त्रिशूल ले खून–पसीना बहा
आज का अर्जुन बनूँगा"

उन सब में एक अजनबी भी था
जिसकी परवरिश एकलव्य सी हुई थी
बरसात की एक रात
सारे कसमे-वादे भूल हेरा-फेरी से
उसने अपने नसीब की जंजीर तोड़ दी
डॉन की तरह दीवार फाँद
चलते-चलते आलाप में गुनगुनाने लगा
"मैं आजाद हूँ, मर्द हूँ...."

लेकिन वक्त के तूफान का ऐसा चला सिलसिला
कि कभी नमकहराम, कभी नमकहलाल
कभी कुली तो कभी नटवरलाल
यहाँ तक कि कभी शराबी तो कभी लावारिस
के साथ भी उसे दिन बिताने पड़े
कभी खुशी कभी गम के अक्स में वह
बँधे हाथ अकेला गिरफ्तार रहा

लेकिन था तो वह हीरो हीरालाल ही जो–
अंततः शोले बन अग्निपथ के
मृत्युदाता के रूप में प्रगट हुआ...

अपने ब्लैक दिनों की यादें भुला
अभिमान के साथ आँखें उठा उसने घोषणा की–
''मैं ही हूँ सूर्यवंशम का खुद्दार,
अपनी फैमिली का बागवान, बाबुल
हर छोटे मियाँ बड़े मियाँ का पा–
चाहे कोई सरकार हो या सरकार राज
ऐतबार कर
मैं हूँ मुकद्दर का सिकन्दर
सबों का शाहंशाह''

वाह अमिताभ, वाह
सदी के महानायक, तुम क्या नहीं हो?
आज जरा मेरी भी सुनना
बस इतनी है प्रार्थना–
''कभी अलविदा ना कहना''

शब्दार्थ

उक्त रचना में अमिताभ की नब्बे फिल्मों के नामों का प्रयोग हुआ है। तुम क्या उन्हें रेखांकित कर सकते हो?

गागर में सागर*

90. इंतजार

आना, कल आना, परसों, फिर बरसों
सिलसिले [1]इंसाफ के यूँ चले उनके
पर एक ने जलती [2]तिली उस रोज जो फेकी
[3]मरघट हुए बाजार और शोले हुए तिनके

91. निरीह आहार

याद आ रही [4]हीलीदोन की बत्तखें
बत्तखों का क्या—काम ही आना है
हीलीदोन के या लोमड़ी के बच्चों के
[5]निरीह [6]सुस्वादुओं को [7]आहार ही बन जाना है

---

*ये कविताएँ ''आई. ए. एस. अफिसर्स' ऐसोसिएशन, बिहार शाखा'' की पत्रिका 'प्रयास' में पहली बार छपी थीं।

92. साँप और चूहा

मालिक ने बनाया इसे साँप
और उसे चूहा
तो क्या वह इसके मुह में समा जाय
बिना किए हू हा?
अन्ततः वह समा गया,
किन्तु उसे गर्व था
जग को हिला गया,
कर बहुत हू हा

93. गिद्ध और मानव

आकाश में नहीं उड़ते गिद्ध अब
है नीचे मरघटी [8]विस्तार
[9]पुनर्जन्मे वे हमारे बीच ही
इंसानियत का कर रहे [10]निस्तार

94. गरीबों की ताकत

कटते रहे पेड़ बरसों से
उन पहाड़ियों के [11]इर्द-गिर्द
[12]बेहया हो फट गई धरती
[13]हैवानियत ने पर न छोड़ी जिद

एक दिन हिम्मत जुटा कर राह में उनकी
बाँधे कफन कमजोर अधनंगे अड़े
उड़ गए सब, फिर ना आए लौट कर
दूर से ही देखते रह गए खड़े

95. नियामत

है [14]शिखरों का वह [15]राजहंस
पर जमने के पहले ही नीचे आ गिरा
नोचने-निगलने को आँखें सब प्यासी
क्या सकेंगी जान—उन्हें कौन सा [16]नियामत मिला?

96. मुनादी

वह बेचती थी कुछ भी
पर हाथ फैलाती न थी
बात यह जमाने को
रास आती न थी
लाश उसकी एक दिन
कर गई मुनादी
[17]बेबस थी, गरीब थी, किन्तु
[18]खैराती न थी

शब्दार्थ

1. न्याय, 2. माचिस की काठी, 3. जहाँ मुर्दा जलाए जाते हैं, 4. "अज्ञेय" की एक कहानी की पात्र, 5. असहाय, 6. स्वादिष्ट, 7. खुराक, 8. फैलाव, 9. फिर से जन्म लिया, 10 समाप्त करना, 11. आस-पास, 12. बेशर्म, 13. जंगलीपन, शैतानियत, 14. चोटी, 15. श्रेष्ठ जाति का हंस, 16. दुर्लभ, ईश्वर की देन, 17. लाचार, 18. मुफ्तखोर

97. लोकनायक जयप्रकाश

अंग्रजों से लड़ने में जयप्रकाश आगे थे
“भारत-छोड़ो” [1]आन्दोलन-हित जेल फाँद भागे थे

मजदूर-किसानों का हित भी उनको सर्व प्रिय था
जिनकी खातिर उनका दल रहता हरदम [2]सक्रिय था

आजादी के बाद भी वे रहते [3]सत्ता से दूर
राजनीति में रह कर भी, थे [4]सेवाहित [5]मजबूर

भूदान और ग्रामस्वराज का [6]अलख जगाने वाले
समता-मानवता के थे जयप्रकाश मतवाले

[7]अडिग रहे इन्दिरा के आगे, पुनः गए वे जेल
[8]सत्ता-मद और [9]अंहकार सब उनके आगे फेल

जेल से बाहर आए तो झट बीता अपातकाल
जनता थी बेहाल जानने लोकनायक का हाल

हुई घोषणा जब चुनाव की, आया [10]अंधड़ जे.पी.का
सूखे पत्तों सम सब उड़ गए, चला [11]बवंडर जे.पी. का

नई सरकार बनी, थे उसमें सिरफिरे और कुछ त्यागी
उनकी [12]करतूतों से चिढ़कर जनता उनसे भागी

ले आशीर्वाद जे.पी. का, इन्दिरा ने फिर कमर कसा
इन्दिरा की कांग्रेस को फिर से जीवन-दान मिला

किन्तु दुखी जे.पी. पहले ही प्राण त्याग कर विदा हुए
उनके कई चेलों ने उनसे घात किए, और जुदा हुए

शब्दार्थ

1. व्यापक जन-विरोध, 2. कार्यरत, 3. शासन, 4. सेवा में लगे रहना, 5. लाचार, 6. जिन्दा रखना, 7. बिना डिगे, 8. शासन का नशा, 9. घमंड, 10. धूल भरी हवा, 11. तूफान, 12. कारनामा, बुरे काम

सोचो-समझो-करो

1. ''भारत-छोड़ो'' आन्दोलन के बारे में क्या जानते हो?
2. भूदान का अर्थ समझाओ।
3. इन्दिरा जी ने जयप्रकाश को जेल में क्यों डाला?

98. विजयी इन्दिरा

नेहरू की बिटिया एक दिन बनी प्रधान-मंत्री
"गूँगी-गुड़िया" समझा सबने मंत्री हों या संत्री

बंगलादेशी युद्ध हुआ, जब [1]हुंकार भरा इन्दिरा ने
शेराँ वाली दुर्गा बन, [2]संहार किया इन्दिरा ने

[3]सहम रह गया चीन, दूर अमरीका भी रहा खड़ा
बँट कर पाकिस्तान [4]पराजित, कश्मीर पर रहा अड़ा

[5]कूटनीतिक चालों पर थीं इन्दिरा की [6]पैनी नजरें
किन्तु न भीतर सकीं देख नित बनती [7]चिनगारी लपटें

जयप्रकाश का बिगुल बजा—[8]भ्रष्ट्राचार स्वीकार नहीं
[9]गर्वीली इन्दिरा चूकी, समझा—[10]आपातकाल सर्वथा सही

सन सतहत्तर के चुनाव में वे हो गईं [11]धराशायी
जनता दल का राज हो गया, बन गईं वे [12]हरजाई

किन्तु संभल कर इन्दिरा ने अपना सर जो उठाया
ताश के महलों जैसा झटपट दुश्मन-घर भहराया

तभी [13]विखंडन के गुबार उड़ने लगे पंजाब से
देने लगे दुश्मन हवा हर रोज सीमा पार से

किन्तु समस्याओं से जो न घबराए और [14]दृढ़ रहे
अंततः [15]जयमाल उसके संग ही स्थिर रहे

शेर की [16]माँद में घुस दाँत गिनना वीरता है
[17]देश-हित खतरों में घिरना, बढ़ते जाना [18]धीरता है

[19]विजयी इन्दिरा देश की बेटी बनी, [20]रक्षक बनी
भले रक्षक गोलियाँ [21]भितरघात कर, [22]भक्षक बनीं

दे दिया [23]बलिदान अपना, किन्तु न बँटने दिया
देश का कोई भी कोना [24]किंचित नहीं लुटने दिया

शब्दार्थ

1. गरजना, 2. अन्त करना, 3. डरा हुआ, 4. हारा हुआ, 5. विदेशी चालें, 6. तेज, 7. आग का छोटा कण, 8. घूसखोरी एवं अन्य अनैतिक, गैरकानूनी काम, 9.

ाभिमानी, 10. संकटकाल, 11. बुरी तरह हारना, 12. बुरी, क्षति करने वाली, 3. बिखराव, विभाजन, 14. स्थिर, 15. जीत की माला, 16. खूँखार पशुओं के हने की गुफा, 17. देश की भलाई, 18. धीरज, 19. जिसकी जीत हुई हो, 20. क्षा करने वाली, 21. विश्वासघात 22. खा जाने वाली, 23. कुर्बानी, देश-हित जान ना, 24. कुछ भी

सोचो-समझो-करो

1. "गूँगी-गुड़िया" का दुर्गा रूप कब सामने आया?
. देश के विभाजन को रोकने के लिए इन्दिरा गाँधी ने क्या कारर्वाई की?
3. अपातकाल को इन्दिरा ने क्या समझा था?

99. झाँसी की रानी : देश की रानी

आए थे [1]व्यापारी बन, चढ़ गए देश की [2]सत्ता पर
अंग्रेजों ने जाल में फाँसे, [3]"सोने की चिड़िया" के पर

जब तक भेद खुले, भारत की कमर टूट चुकी थी
[4]विद्रोही [5]ज्वाला बुझ-बुझ कर, फिर जल-जल उठती थी

झाँसी में भी इक चिनगारी गुपचुप दहक रही थी
लक्ष्मी बाई नाम था उसका, झाँसी की रानी थी

[6]दत्तक-पुत्र की वह माता, बन गई [7]चिनगारी थी
"वह पुत्र नहीं [8]वारिस"– यह अंग्रेजों की [9]साजिश थी

समझा उनकी चाल, वो रानी थी बड़ी सयानी
अंग्रेजों से दो-दो करने की थी खुल कर ठानी

अठारह सौ संतावन में वह ज्वाला बन बैठी
चौंकी अंग्रेजी सत्ता जो [10]भ्रम में थी ऐंठी[11]

जीत बना [12]मकसद उनका, ताकत या छल-बल से
[13]मानसिंह, [14]जयचन्दों का भी साथ मिला जन-धन से

नन्हा बालक बाँध पीठ, वह अडिग[15] युद्ध करती थी
[16]निर्दयी अंग्रेजों की [17]शामत उसके संग चलती थी

पर यह क्या—विद्रोही खम्भे सहसा लगे दरकने[18]
बँधा [19]समा ऐसा कि फिरंगी [20]अमले लगे बहकने

घेरा रानी को अंग्रेजों ने [21]जंगी मैदानों में
[22]एकाकी वह लड़ी, न था कोई [23]सानी मर्दानों में

सन अट्ठारह सौ अंठावन, माह जून, तिथि 17 को
रानी हुई शहीद अन्ततः लड़ते-लड़ते

शोक न कर ऐसे वीरों का प्यारे बच्चो
वीर, बहादुर जीवन में एक बार ही हैं मरते

शब्दार्थ

1. व्यापार करने वाला, 2. शासन, 3. अत्यधिक धनी जैसा कि अंग्रेजों के आने के पहले भारत था, 4. विरोध में खड़ा होने वाला, 5. आग की लपटें, 6. गोद लिया पुत्र, 7. आग का कण, 8. अंग्रेजों की नीति जो गोद लिए पुत्र को

मान्यता नहीं देती थी, 9. षड़यंत्र, 10. गलत धारणा, 11. घमंडी, 12. लक्ष्य, 13. ऐतिहासिक चरित्र जिसने अपने राजा को धोखा देकर दुश्मनों का साथ दिया, 14. वैसा ही, 15. बिना हिले, 16. बिना दया-भाव के, 17. खतरा, 18. टूटने, 19. नजारा, 20. सरकार के कर्मचारी, 21. लड़ाई के, 22. अकेली, 23. जोड़ का

सोचो-समझो-करो

1. अंग्रेज भारत में क्या करने आए थे?
2. झाँसी की रानी का पूरा नाम क्या था?
3. रचयिता रानी की मौत का शोक नहीं करने की बात क्यों कहता है?

100. जन लोकपाल के अन्ना

जब होने लगे [1]भ्रष्ट लोगों के [2]मिलीभगत के खेल
जब [3]चालबाज, धोखेबाजों में नहीं गया कोई जेल

जीना हुआ [4]मुहाल सबों का, फैली घनघोर निराशा
एक [5]जुझारू आगे आया बन [6]जन की अभिलाषा

बाबूराव किसान हजारे था उस [7]योद्धा का नाम
[8]अन्यायी का [9]प्रतिकार हमेशा रहा शुरू से काम

पहले भारत का सैनिक, वह देश की रक्षा करता था
सन पैंसठ के [10]घोरसमर में [11]जान हथेली रखता था

महज एक दिन यात्रा-क्रम में महाजीवनी हाथ लगी
पढ़ा तो पाया उसने ये तो [12]संजीवनी साथ लगी

वह प्रकाशमय जीवनी थी स्वामी विवकानन्द की
जिसने बदल डाली समूची सोच सैनिक वीर की

ले प्रण [13]तपस्या, [14]त्याग का अन्ना हजारे बढ़ चला
चिल्ला पड़े [15]गण भ्रष्ट सब– "यह कौन आया मनचला?"

अर्जुन सा बन [16]लक्ष्यभेदी, कर दृढ़ [17]भीष्म-प्रतिज्ञा
"[18]जन लोकपाल का गठन करो, सुन जन-गण-मन की आज्ञा"

हुंकार भरा अन्ना ने फिर किया [19]आमरण [20]अनशन
[21]भ्रष्टतंत्र बर्दाश्त नहीं, अब और न दो आश्वासन

जन–जन का है [22]पूर्ण भरोसा अन्ना हजारे में
भ्रष्टाचार की जगह न होगी देश भारत में

शब्दार्थ

1. घूस लेने एवं नियमविरूद्ध काम करने वाले, 2. मिलजुल कर गलत काम करना, 3. चालाक, 4. बहुत कठिन, 5. जूझने वाला, 6. लोग, 7. लड़ने वाला, 8. अन्याय करने वाला, 9. विरोध, 10. बड़ी लड़ाई, 11. जान खतरे में डालना, 12. जीवन की रक्षा करने वाली बूटी, 13. तप, 14. कुरबानी, 15. लोग, 16. जो निशानें पर मार कर सके, 17. बहुत कठिन काम करने का प्रण लेना, 18. एक काल्पनिक पद जिसे भ्रष्टाचार के विरूद्ध गठित करने की माँग सरकार से की जा रही है। 19. मरने तक, 20. उपवास, 21. भ्रष्ट सरकार, 22. पूरा

सोचो-समझो-करो

1. अन्नाा हजारे को देश क्यों प्यार करता है?
2. भ्रष्ट्राचार किसे कहते हैं? क्या अपना देश भ्रष्ट है?
3. अन्ना के जीवन पर किस पुस्तक का बहुत प्रभाव पड़ा?

101. जनता राजा*

कैसे तोड़ पाओगे उसको
जो [1]दधीचि सा दानी
गंगा को आना ही होगा
बन [2]भगीरथ जिद ठानी

जन ही सेवा, जन ही मेवा
जो [3]रमता है जनता के दिल में
जीत न पाओगे उसको तुम
छिप कर कुटिल स्वार्थ के बिल में

खुल कर हाथ खड़े कर दो
यह जनसत्ता का [4]धवल [5]शिखर है
व्यर्थ [6]विकल्पों की तलाश में
भटक रहे, वह सब तो छल है

मत [7]गुमान में रहो कि
तुम राजा, जनता [8]याचक है
[9]जनाधार वाला ही [10]नृप है
संविधान यह [11]वाचक है

"हम भारत के लोग" दिलाते
याद तुम्हे उन शपथों की
जन के लोकपाल को लाओ
[12]खाल न खींचो शब्दों की

सौ करोड़ से ऊपर जिसकी
प्रजा [13]अहर्निश दुख पाती
कैसा वह राजा जिसकी
आँखों में नींद उतर जाती

राजनीति में रहे वही जो
हो अन्ना सम त्यागी
भोग सुखों की चाह जिसे
वह पकड़े पथ [14]अनुरागी

शब्दार्थ

1. एक पौराणिक पात्र जिसने अपनी हड्डी भी दान कर दी, 2. एक पौराणिक पात्र जिसने गंगा को धरती पर लाने के लिए घोर तपस्या की और अन्ततः सफल हुए,

3. रहना, 4. स्वच्छ, 5. चोटी, 6. बदले में, 7. घमंड, 8. माँगने वाला, 9. जनता में आधार रखने वाला, 10. राजा, 11. विस्तार से बताने वाला, 12. शब्दों पर अनावश्यक बहस न करो, 13. दिन-रात, 14. प्रेमी

सोचो-समझो-करो

1. प्रजातंत्र में असली राज किसका होता है?

(*यह कविता दिल्ली के रामलीला मैदान में अन्ना हजारे के अनशन के दौरान दि. 19.08.2011 को रची गई)